魔術探偵・時崎狂三の回顧録

橘 公司

ファンタジア文庫

3470

口絵・本文イラスト　つなこ

この世界には、人の人生を狂わせる不可思議な道具が存在する。

――それは、魔術工芸品《アーティファクト》と呼ばれるものですわ。

The artifact crime files
kurumi tokisaki

Case File
I

しばらく見ない間に随分と挑発が上手くなりましたわね

狂三ボイス

「右の子、テンポ遅い！　一体何年やってるの！　そんなんじゃいつまで経《た》ってもアイドルになれないわよ⁉」

　多目的イベントホール『天宮《てんぐう》アリーナ』のステージ上で。

　時崎狂三《ときさきくるみ》は、軽快なリズムに合わせて踊っていた。

　左右には狂三と同様可愛《かわい》らしい衣装を纏《まと》った少女たちが並び、正面には厳《いか》めしい表情をした振付師が立っている。観客席はがらんとしているが、ステージの周りでは幾人ものスタッフたちが、慌ただしく各々《おのおの》の作業に勤《いそ》しんでいた。

　そう。今はライブのリハーサル中だったのである。

　狂三は額に滲《にじ》んだ汗を拭いながら、不服そうに眉根を寄せた。

「……つい三日前からですわよ」

「何か言った⁉」

「……いえ、何も」

　今不満を囀《さえず》っても仕方ない。狂三は短く返すと、頭に叩《たた》き込んだ振り付けを思い起こしながら、再度全身を軽快に動かし始めた。

◇

天宮駅東口を出て、道なりに進むことおよそ五分。

角地に聳《そび》えた雑居ビルの二階に、『時崎探偵社』は居を構えていた。

こぢんまりとした探偵事務所である。机に椅子、本棚にソファ、果ては照明や筆記具までもがアンティーク調のデザインで統一されており、どこか幻想的な雰囲気が漂っている。

理由は様々あるだろうが、それらの調度品を発注した者が、古雅《こが》な探偵小説に気触《かぶ》れていたことは間違いないように思われた。

「先生、お茶が入りました」

「……、どうも」

そんな事務所の応接スペースで、所長・時崎狂三は、差し出された紅茶を受け取った。

射干玉《ぬばたま》の髪に白磁の肌。見た目は少女といった風だが、その怜悧《れいり》な面立ちと悠然とした所作は、年格好に似合わぬ老獪《ろうかい》な雰囲気を彼女に纏わせている。……まあ、それでも探偵社の所長という大仰な肩書きを伴うには年若すぎるため、初めて狂三の姿を見た者の中には、驚愕《きょうがく》に目を見開く者も少なくなかったけれど。

とはいえ、それも彼女に比べれば幾分ましだろう。

狂三は今し方紅茶を差し出してきた自称・探偵助手に目を向けた。

顔の半分を分厚い眼鏡で覆い隠した小柄な少女である。探偵としては年若い狂三よりもさらに幼く、下手をすれば小学生くらいに見える。少なくとも、仰々しい内装の探偵社で紅茶を淹《い》れているよりも、同級生と噂話《うわさばなし》に花を咲かせている方が適当な年齢であることは間違いない。

狂三は紅茶を一口啜《すす》ると、ふうと息をついた。

「ええと、茉莉花《まつりか》さん――ではないのでしたね」

「はい。それはわたしに成り代わっていた人が名乗っていた名前です」

狂三の言葉に、少女がうなずきながら答えてくる。

そう。この少女は諸事情あって、ついこの前までとある人物に監禁された上、家と身分を乗っ取られていたのである。

……普通誰かに成り代わるときは、その対象の名を使うものだと思うのだが、彼女を監禁していた犯人は随分と自己主張の激しい人物だったようだ。

「失礼。確かお名前は――」

「――わたしのことは『アヤ』と呼んでください」

狂三が記憶を探るように言うと、少女はそう答えてきた。

「おや、そんなお名前でしたでしょうか？」

「あだ名のようなものです。本名があまり好きではないもので」

言って、少女が苦笑する。狂三はきょとんと目を丸くした。

「そうなのですか？」

「ほとんど力は失われているんですが、一応魔術師家系なので。名に力を宿すみたいな伝統が残っているらしくて、あまり字面《じづら》が可愛くないんです」

「あら、あら」

狂三は小さく肩をすくめた。些末《さまつ》な悩みといえばそれまでだが、年頃の女の子にとっては一大事なのだろう。まあ、正直気持ちはわからなくもない。狂三も昔自分の名前に悩んだ時期があった。……まさかとは思うが、狂三の先祖にも魔術師がいたのだろうか？

「ではアヤさん。——今日は平日ですけれど、学校はよろしいんですの？」

「はい。卒業のために必要な出席日数は満たすようにしていますし、きちんと手続きも済ませています。——我が家から散逸した魔術工芸品《アーティファクト》がいつどんな事件を起こすかわからない以上、呑気《のんき》に構えているわけにはいきません」

狂三が問うと、少女——アヤは、歳《とし》に似合わぬ丁寧な調子で答えてきた。

そう。この時崎探偵社は、普通の探偵事務所ではない。

かつて魔術師が作り出したという、人智《じんち》を超えた力を持つアイテム——魔術工芸品《アーティファクト》。アヤの家の蔵には数多《あまた》の魔術工芸品《アーティファクト》が保管されていたのだが、とある事件の折、それらが世に放たれてしまったのである。

その力を使えば、立証不可能な犯罪を起こすことさえ容易《たやす》い。

それを解決し、魔術工芸品《アーティファクト》を回収することこそが、狂三たちの目的だったのである。

「お気持ちはわかりますけれど、事務所に詰めているからといって都合よく事件が起こるとは限りませんわよ？」

「わかっています。でも、先生も大学を休んでまで資料の精査をしてくださっているではないですか」

「…………」

言われて、狂三は無言になった。

狂三はもともとあまり大学に通ってはいなかったし、自宅でしていた『内職』をここで行っているだけなのだが、アヤの目には勤勉に見えてしまっていたらしかった。

いや、聡明《そうめい》な彼女のことだ。それさえも見通した上で、狂三が答えに窮するような言葉を発してきたのかもしれない。狂三は小さく肩をすくめた。

「……まあ、いいですわ。ところで、アヤさん」

「なんでしょう、先生」

「その『先生』というのはやめてくださいまし。柄ではありませんわ」

「そうですか。わかりました。今後改めます。――偉大なる名探偵時崎卿《きょう》」

「……やっぱり『先生』でいいですわ」

悪化した。狂三はもう一度大きくため息をついた。

と、そんなときである。

時崎探偵社の扉が勢いよく開け放たれたかと思うと、凄《すさ》まじいスピードで人影が転がり込んできた。

「――助けてくださぁぁぁぁいっ！」

「は――？」

突然のことに狂三が唖然《あぜん》としていると、人影は机を乗り越え、狂三に肉薄してきた。

そしてそのまま、狂三の肩をガッと抱き、熱烈に頬ずりをしてくる。

そこで狂三はようやく気づいた。その来訪者の正体に。

「……落ち着いてくださいまし、美九《みく》さん。一体何がありましたの？」

狂三が身体《からだ》を突き放すようにしながら言うと、来訪者――誘宵《いざよい》美九は、どこか残念そうな様子を漂わせながら一歩後方に足を引いた。

可憐《かれん》な面と抜群のプロポーションを誇る長身の美女である。もしも澄まし顔で湖畔にでも佇《たたず》んでいたならさぞ絵になったに違いない。まあ、登場の仕方が仕方だっただけに、その印象はだいぶ薄れてしまっていたが。

「大変なんです狂三さん！　事件ですよ、事件っ！」

「事件……？」

美九の言葉にそう返したのは、狂三ではなくアヤだった。

それに誘われるように美九がアヤに視線を向けたかと思うと、その目がキラリと輝く。

「まぁっ！　可愛らしいお嬢さん！　一体どちら様ですかぁ⁉」

「先生の助手を務めております。アヤとお呼びください」

アヤはぺこりとお辞儀をすると、不思議そうに眉根を寄せた。

「それで、あの、間違っていたらすみません。もしかしてあなたは……」

「誘宵美九と申しますぅ！　狂三さんとは、一言では言い表せない深ぁい関係ですっ！」

「誤解を招く表現はやめてくださいまし」

狂三は半眼を作ると、ため息交じりに言葉を続けた。

「わたくしの高校時代からの友人ですわ。歌手をされているので、もしかしたら目にしたことがあるかもしれませんわね」

「あ……やっぱり。わあ、本物だ……」

アヤが呟《つぶや》くように言うと、美九はさらに目を輝かせた。

「えっ⁉　もしかして私のことご存じですかぁ⁉　きゃぁん、感激ですぅ！　サインと握手とハグとほっぺにチュウどれがいいですかぁ⁉　全部⁉　んもう、欲張りさん！」

「初心者相手にフルスロットル過ぎますわ」

狂三は美九の肩を摑《つか》むと、「それよりも」と話を続けた。

「事件とは、穏やかではありませんわね。詳細を伺っても？」

狂三が言うと、美九は用件を思い出したようにハッと目を見開き、姿勢を正した。

「そう！　そうなんですよぉ！　実は、仲良くさせていただいているアイドルユニットの子のところに、変な予告状が届いたらしいんです」

「予告状、ですの。どのような？」

「はい。これなんですけどぉ……」

美九は鞄《かばん》からスマートフォンを取り出すと、画面に写真を表示させた。

『一一月一五日。歌姫の声を頂戴する』

その短い文章を読み、狂三《くるみ》は訝《いぶか》しげに眉根を寄せた。

「確かに怪盗の予告状といった文面ですけれど――『声』、ですの？」

「はい……その日付は、ユニット結成三周年のアニバーサリーライブがある日なんです。だから、それに合わせて何かあるんじゃないかって、その子、凄《すご》く怖がっちゃって。もちろん警察にも相談したらしいんですけど、そもそも犯人が何をするつもりなのかがよくわからないので対応が難しいらしいんですよぉ。それで、思い出したんです。狂三さんが、今探偵業を営んでいることを」

美九がぐっと拳を握りながら言う。

「お願いします。どうか犯人の正体を突き止め、私の友だちを守ってあげてください」

そういえば彼女も、かつて心因性の失声症を患《わずら》ったことがあると聞いたことがあった。歌を生業《なりわい》にする者が声を失う辛《つら》さは、誰よりわかっているのだろう。

「ふむ……」

狂三は成り行き上このような探偵事務所を開いているが、普通の探偵というわけではない。対応できる案件の幅は非常に狭かった。

とはいえ、美九も知らぬ仲ではなかったし――

何よりその予告状の奇妙な文面が、どうしても気にかかった。

「先生。まさか、これって」

「──ええ。もしかしたら、魔術工芸品《アーティファクト》絡《がら》みの事件かもしれませんわね」

狂三は小さな声でアヤに返すと、顔を上げた。

「よいでしょう。この件、わたくしが引き受けましたわ」

◇

「……だからといって、これは聞いておりませんでしたわよ……」

リハーサルを終えた狂三は、肩で息をしながら額に滲《にじ》んだ汗を拭った。覚えるだけでも一苦労な激しい振り付けは、最近運動不足気味であった狂三の体力を容赦なく奪っていたのである。

とはいえ狂三も別に、好きこのんでこんなことをやっているわけではなかった。

(──というわけで、当日自由に舞台裏に出入りできるように、潜入調査の手筈《てはず》を整えておきましたぁ！)

(ありがとうございます、美九さん。……って、なんですの、その可愛《かわい》らしいお洋服は)

(……？　ステージ衣装ですけど？)

(……なぜそんなものが必要ですの？　舞台裏に潜入するにしても、スタッフかマネージヤーとしてでは？）

（え？）

（え？）

と、美九との悲しいすれ違いの結果、狂三はアイドルユニットのバックダンサーとして現場に潜入する羽目になってしまっていたのである。

否《いな》。正確に言うなら、狂三だけではない。

「はぁ……っ、はぁ……っ」

左方に目をやると、そこにはへとへとになった眼鏡の少女の姿があった。

そう。なんとアヤまでもが、バックダンサーとして現場に潜入していたのである。

件《くだん》のアイドルユニットには複数の系列グループがあるらしく、バックダンサーはその若手候補生——所謂《いわゆる》研究生が務めることが多いらしい。なんと最年少は一二歳。それゆえ、年若いアヤでも存外違和感なく周囲に溶け込むことができていたのだった。

……まあ、だからといってすぐさま踊れるようになるわけでもない。狂三は小さな声を発した。

「……大丈夫でして、アヤさん」

「は……はい。これも探偵助手の仕事ですから……」

「…………」

絶対違うとは思ったが、なんだか今の彼女にそれを指摘してしまうのも悪い気がして、狂三は口を噤《つぐ》んだ。

と――

「――みんな、お疲れ」

「いつも通り、いい感じだったよ」

「ん、本番もよろしく……」

狂三が乱れた呼吸を整えていると、前方からそんな声が聞こえてきた。

そこには、狂三たちよりも煌《きら》びやかな衣装を纏《まと》った、三人の少女の姿があった。

その姿がどことなく輝いて見えるのは、衣装やスポットライトの影響によるもののみではあるまい。

明らかに、他の皆よりも人の注目を浴び慣れている。視線を集める立ち居振る舞いや表情が身に付いている。俗な表現を用いるなら――その三人には『オーラ』があった。

それもそのはず。その三人こそが本日の主役。人気アイドルユニット『PeaCH《ピーチ》』のメンバーたちだったのである。

左から、長身にショートヘア、勝ち気そうな表情が特徴的な猿渡《さわたり》和穂《かずほ》。

中背にミディアムヘア、優しく穏やかな容貌の犬塚菜絵《いぬづかなえ》。

小柄でロングヘア、大人しそうな雰囲気の雉原恵《きじはらめぐみ》。

三者三様の魅力を備えたアイドルたちの言葉に、バックダンサーを務めるアイドル候補生たちは、皆緊張した面持ちを作っていた。

ちなみに、美九に相談を持ちかけてきたのは菜絵らしい。とはいえ、犯人がどこに潜んでいるかわからないため、狂三たちのことは伝えていないという話だったが。

「ん……？」

と、そこで、和穂が狂三の顔を見て、ぴくりと眉を揺らした。

「あなた、見ない顔ね。新人？」

「ええ、まあ。そんなところですわ」

狂三が曖昧に返すと、和穂はどこか訝しげに狂三の姿を睨《ね》め回してきた。

まさか、何か不審な点でもあっただろうか。狂三は微《かす》かな緊張を覚えながら返した。

「何か？」

「……や、失礼かもだけど、あなた高校生？　他の子よりちょっと大人びて見えるけど」

「大学生ですわ」

狂三が言うと、和穂は難しげな顔で腕組みしてきた。

「大学生で研究生スタートかー……なるほどー……ちょっと険しい道になるかもだけど、まあ、うん……頑張って」

「…………」

なんだかものすごく気を遣った様子で発せられた言葉に、狂三は頬をぴくつかせながら「……どうも」と答えた。

別にアイドルで身を立てるつもりもないのだが、なんだろうか、謎のダメージが胸に刻まれた気がしてならなかった。

「もう、そんなこと言っちゃ駄目だよ。夢を追うのに歳《とし》は関係ないんだから」

「和穂、昔からそういうとこあるよねー……」

と、菜絵と恵が注意するように言う。和穂はばつが悪そうに「あーもー、ごめんて」と頭をかいた。

その後二、三やりとりをしたあと、三人がその場をあとにする。

狂三はその背を見送ったのち、ふうと息をついた。

「先生。今の人たちが」

「ええ。今回『声』を狙われているアイドルユニットの方々ですわ」

アヤの声に応えながら、他のバックダンサーたちに混じってステージを降りる。

本番が始まるまでは自由時間である。舞台裏に移動した狂三は衣装の上にジャージを羽織ると、周囲の様子を見回しながらアヤに話しかけた。

「――さて、本番までの間に、可能な限り調査をするといたしましょう。……素直にスタッフとして紛れ込んでいれば、もっと時間を有効活用できたのですけれど」

「でも、その衣装はとてもよくお似合いです」

「……それはどうも」

一瞬皮肉かとも思ったが、アヤにそういったつもりはないらしい。狂三はやれやれとため息をついた。

「まあ、いいですわ。それより、アヤさんも協力してくださいまし」

「もちろんです。でも、何をすればいいんですか？」

アヤが首を傾《かし》げながら問うてくる。狂三はあごに手を当てた。

「正直なところ、現状できることは少ないのが実情です。この件に魔術工芸品《アーティファクト》が関わっているとして、まだその名称も形状も定《さだ》かではありません」

ただ、と続ける。

「魔術工芸品《アーティファクト》は確かに人智《じんち》を超えた力を持つ道具。けれど、思い描いたことがなんでも叶《かな》うような代物ではありません。『声を奪う』という効果を発動させるためには、それに関わるなんらかの条件を満たす必要があるはず。となれば、『ＰｅａＣＨ《ピーチ》』のお三方の身の回りのものや、接する機会のある人物が怪しくなってはきますわね。

——わたくしは舞台裏とステージを調べます。アヤさんはお三方の楽屋に向かい、怪しい人物が接触してこないか見張っていてくださいまし」

「なるほど、了解しました」

狂三の言葉を受け、アヤがこくりとうなずく。狂三もそれに首肯で返すと、慌ただしく駆け回るスタッフたちの合間を縫って調査を開始した。

舞台裏には今日のライブ用に複雑な足場が組まれ、様々な機材が置かれている。狂三は頭の中で想像を巡らせた。

——わざわざライブの日を指定して予告状を出したということは、なんらかの意味があるはず。もしも自分が犯人ならば、どのタイミングで、どうやって魔術工芸品《アーティファクト》を使う……？

「…………」

とはいえ、それが雲を摑《つか》むような話であることは確かだった。形状も効果もわからないアイテムを見つけ出すなど、砂漠で指輪を探すに等しい。

怪しい人物に関しても同様だ。今この場には、数多《あまた》のスタッフがいる。仮にここに犯人がいたとして、わざわざわかりやすく怪しい格好などをしてくれているはずも――

「………は？」

と、そこで狂三《くるみ》は間の抜けた声を零《こぼ》してしまった。

理由は単純。目の前に、ものすごく怪しげな人物がいたのである。

年の頃は二〇代後半といったところだろうか。髪を一つに纏めた、長身の女性だ。

顔立ちそのものは整っているのだが、問題はその装《よそお》いだった。何しろシックな色合いの和服を身に纏い、足に編み上げブーツ、手に黒の革手袋という格好だったのである。加え、極めつけと言わんばかりに、双眸《そうぼう》を丸いサングラスで覆い隠している。『胡乱《うろん》』という単語を擬人化したならこういう様相になるのではないかと思える容貌だった。

別に狂三も、出《い》で立ちのみで人の善悪を判断しようなどとは思っていない。けれど、今この状況においてその人物は、明らかに異彩を放ち過ぎていた。不審な物品、人物を探していた狂三としては、その正体を確認せざるを得ない。意を決して声をかける。

「あの、失礼ですけれど――」

「――おや」

すると件の人物は、狂三の方を見てニッと唇の端を上げてきた。

「やあ、これはどうも。時崎《ときさき》狂三くん――でよかったかな？」

「……っ、なぜわたくしの名前を？」

突然名を呼ばれ、狂三は警戒を露《あら》わにした。

しかしサングラスの女性は、軽い調子で手をヒラヒラと振るのみだった。

「やだなぁ。君が教えてくれるんじゃないか。——まだ少し先の話ではあるけれど」

「……何を仰《おっしゃ》っておられますの？　あなたは一体何者でして？」

視線を鋭くしながら狂三が問うと、女性はどこか芝居がかった調子で礼をしてきた。

「ああ、失礼。つい癖でね。既に知っているものかと思ってしまった。

——僕は永劫寺玲門《えいごうじれもん》。君の同業者だよ。以後お見知りおきを」

「同業者……？」

「うん。僕も探偵さ。雇い主は君とは違って、『ＰeaＣＨ《ピーチ》』の所属事務所だけれどね。

——君も、例の予告状の件を探っているんだろう？」

「…………」

言われて、狂三は口を噤んだ。その思惑を探るように、訝《いぶか》しげな目で顔を睨め付けると、
玲門はどこかくすぐったそうに身じろぎした。

「ふ、君のように美しい女性に見つめられると照れてしまうな」

そして、戯《おど》けるような調子でそう言ってくる。

狂三は毒気が抜かれてしまうような感覚に陥りながらも、問いを続けた。

「……あなたの言うことが本当だったとして、なぜわたくしのことを知っておられますの？」

「ふふ、言ったじゃないか。君がこれから教えてくれる、って。——何しろ僕は、『未来探偵』だからね」

「……未来探偵？」

「そう」

狂三が問うと、玲門はサングラスの位置をずらしてその目を露わにした。

幻想的な色を映す双眸が、狂三の目を捉える。

「未来視の目を持つ異能探偵さ。——まあ、覗《のぞ》けるビジョンは限定的だけれどね。上手《うま》く波長が合えば、これから起こる事件、その犯人、その犯行方法や証拠に至るまで、全てを見通すことができる。もはや僕には、推理さえ必要ない。なぜなら答えを知っているわけだからね。言うなれば、全ての咎人《とがびと》の天敵といったところかな」

「——————」

その双眸に射竦《いすく》められるように、狂三は息を呑《の》んだ。

無論普通に考えれば、そんなことがあり得るはずはない。けれど狂三には、それを完全には否定できない理由があった。

――単純な話だ。かつて狂三も、極めて限定的とはいえ、未来を覗く力を有していたことがあるからである。

いや、だからといって今目の前にいる女が、同じ力を有しているとは思えないが――

「――と、そういう触れ込みでやらせてもらっている」

狂三が困惑の中思案を巡らせていると、玲門がふっと笑みを漏らしながらサングラスの位置を元に戻した。

「…………は？」

「競争の激しい業界だから、わかりやすい特色が必要でね。意外と受けがいいんだ。事前調査も極限まで徹底すると、魔法のように見えるものさ」

「…………そうですの」

なんだかどっと疲れた気がする。狂三はため息交じりにそう言った。

するとそこで後方から、スタッフの声が聞こえてくる。

「――そろそろ本番です！　演者の皆さんは用意をお願いします！」

どうやら、もう開演時刻らしい。思ったより時間が経《た》ってしまっていたようだ。

あまり事前調査ができなかったが……まあ仕方あるまい。一応バックダンサーである以上、ステージに穴を開けるわけにもいかない。狂三はジャージを椅子にかけると、ステージの方に向かおうとした。

「あ、時崎くん」

と、そんな狂三の背に、玲門が声をかけてくる。

「まだ何かありますの？」

「ああ。一応伝えておこうと思って」

玲門は軽い調子で続けてきた。

「──注意した方がいい。これからステージ上で一人、声を失うことになる」

「……っ、なんですって……？」

玲門の言葉に、思わず視線を険しくする。

けれど、問い質《ただ》そうとしたそのときには、もう玲門はヒラヒラと手を振りながら歩き去ってしまっていた。

「…………」

狂三は嫌な予感を覚えながらも、ステージに歩いていった。

◇

『「ＰｅａＣＨ《ピーチ》」３ｒｄアニバーサリーライブ──スタート！』

高らかな宣言とともに、ステージにカッと光が灯《とも》り、『ＰｅａＣＨ《ピーチ》』の三人が登場する。

既に期待と興奮が満ちていた観客席に、熱狂の渦が巻き起こった。

「凄《すご》い熱気ですね……」

「ええ。今をときめく人気アイドルというのは伊達《だて》ではないようですわ」

ステージ後方に控えていた狂三は、隣のアヤの声に応えるようにそう言った。──ちなみに彼女は狂三が舞台裏を調べている最中、ずっと三人の動向を監視してくれていたようだが、特に不審な人物の接触は認められなかったらしい。

「──やはり、仕掛けてくるとすればライブ中でしょうか。警戒は忘れずに参りましょう」

「はい……！」

狂三とアヤは小さくうなずき合うと、他のバックダンサーたちとともに、『ＰｅａＣＨ《ピーチ》』の背を追うようにステージに飛び出していった。

会場の各所に設《しつら》えられた巨大なスピーカーから、地面を揺るがすような音楽が鳴り響く。出し惜しみなど一切考えていないかのような、激しいアップテンポの曲調。狂三たちはそれに合わせて、ここ数日で身体《からだ》に覚え込ませたステップを踏み始めた。

『――――――！』

ステージ前方の『ＰｅａＣＨ《ピーチ》』が、マイクを手に、高らかに歌声を響かせる。

三者三様の美しい声音。激しく動いているにも拘《かか》わらず、正確に音程を捉える歌唱力。天賦の才を持つ者たちが、たゆまぬ努力によって練り上げたことを思わせる、見事な歌声であった。

「――――」

玲門の不穏な言葉もあって、最大限の警戒を心がけていたはずの狂三ですら、一瞬高揚を覚えてしまう。

美九《みく》のステージを観客席から眺めたことはあったが――『ここ』は、ステージの上というのは、まったくの別世界であったのだ。

数千、数万人に及ぶであろう観客たちの感情の渦。指向性を持った熱の奔流が、全てステージ上に降り注ぐ。

その快感と興奮、そして恐怖は、筆舌に尽くしがたい。甘く激しく脳を揺さぶる魔性の蜜。バックダンサーの狂三でさえそう思ってしまうほどなのだ。ステージの中央で注目を浴びる三人が受ける衝撃はいかばかりか、狂三には想像も付かなかった。

と――

「…………?」

曲が中盤にさしかかったところで、狂三は微《かす》かに眉根を寄せた。

理由は単純。

『……っ、……!?』

不意にスピーカーから響いていた歌声が途切れたかと思うと、ステージ左方にいた恵《めぐみ》が喉を押さえながら、表情を驚愕《きょうがく》の色に染めたのである。

明らかに、尋常な事態ではない。ステージ右方にいた和穂《かずほ》が訝しげな顔をし、センターに立っていた菜絵《なえ》が恵に駆け寄った。ただならぬ雰囲気に、観客席がざわめき始める。

「!　先生!」

「……ええ」

狂三は呼びかけてくるアヤの声に応えるように眉根を寄せた。

狂三の位置からでは状況を推測することしかできないが、どうやら、恵の声が出なくなったようだ。

──恐らく、魔術工芸品《アーティファクト》。しかし、一体どうやって?　狂三は視線を巡らせた。今まさに恵の声が奪われたのなら、すぐ近くに魔術工芸品《アーティファクト》があるはずだ。こんな事態が起こってしまった以上、曲は中断してしまうだろう。早くそれを見つけ出さなければ──

が。狂三の予想に反して、曲は中断されなかった。

『…………！』

声が出なくなった恵がキッと視線を鋭くしたかと思うと、駆け寄ってきた菜絵に、自分が手にしていたマイクを差し出したのである。

まるで、自分の代わりに歌ってほしいと言うように。

卑劣な犯人のために、自分たちのライブが台無しになることなど、あってはならないと言うように。

『――――っ』

菜絵は一瞬驚いた顔をしたものの、すぐに恵の意図を察したようにうなずくと、そのマイクを受け取り、恵のパートを引き継いで歌い始めた。

恵は恵で、すぐに表情を笑顔に戻し、軽快なダンスを再開する。ざわついていた観客たちも、再びわぁっと盛り上がり始めた。

「……なるほど。プロですわね」

「あの、どうしましょう、先生」

「『ＰｅａＣＨ《ピーチ》』の皆さんが曲を続けると決めた以上、わたくしたちが勝手に中断してしまうわけには参りません。今は務めを果たすとしましょう」

狂三《くるみ》はアヤの問いにそう答えると、一人分の声がなくなってしまった歌に合わせてダンスを続けた。

そしてやがて、一曲目が終わりを迎える。ステージ中央に集まった三人がポーズを決めたのち、ステージがふっと暗くなった。一際《ひときわ》大きな拍手と歓声が巻き起こり、観客席に赤、青、緑のサイリウムが輝く。

けれど、本来であれば挨拶に移行するはずの三人は、自然な様子を装《よそお》い、ステージ裏へと捌《は》けていった。

とはいえそれも無理はあるまい。何しろ、ライブ中にメンバー一人の声が奪われてしまったというのである。機転を利《き》かせてなんとか一曲目を歌い上げたものの、このままライブを続けることは困難だろう。狂三も状況を確かめるべく、三人に続くようにしてステージをあとにした。

——だが事態は、狂三が思うよりも悪化していたようだった。

「和穂、菜絵、恵！　どうしたの⁉　一体何があったっていうのよ⁉」

ステージ裏に戻った三人に、マネージャーと思《おぼ》しき女性が慌てた様子で叫ぶ。

「わかんないよ！　こっちが聞きたいくらいなんだから！」

「…………、…………！」

「…………、――――」

その声に返したのは、三人中、和穂一人だけだった。

◇

『PeaCH《ピーチ》』の楽屋は今、凄《すさ》まじい混乱状態にあった。

とはいえそれも無理からぬことだろう。何しろライブ中、恵の声が出なくなってしまった上、一曲目を終えたあと、菜絵までもが喋《しゃべ》れなくなってしまっていたというのである。

「あああっ、もう、どうしたらいいのよ……！」

マネージャーが頭を掻《か》き毟《むし》りながら叫びを上げる。壁に背を預けた和穂が、苛立《いらだ》たしげに眉根を寄せた。

「落ち着いてよ。あなたが慌ててもどうにもならないんだから。……それより、ライブはどうするの？　いつまでもお客さんを待たせてるわけにはいかないでしょ」

「続けられるわけないじゃない……三人中二人が歌えなくなってるのよ……!?」

「だからって、このまま放ってはおけないでしょ。いっそ私一人でも――」

「馬鹿言わないで。もう……中止にするしかないわ」

マネージャーが言うと、和穂、菜絵、恵の三人がくわっと目を見開いた。

「ふざけないで！　このライブのためにどれだけ頑張ってきたと……！」

「…………！」

「……、……！」

和穂が声を張り上げ、他の二人も、不服を訴えるように大きく身振りをする。

しかしマネージャーは、そんな二人の様子を見て、陰鬱そうに息をついた。

「……ほら、見なさいよ。こんな状態で一体どうやってライブを続けるっていうの？」

「それは……何か方法が……！」

和穂の言葉に続くように、菜絵と恵がスマートフォンに文章を打ち込み、マネージャーに示した。

『こんなことで諦めたくない』

『絶対歌えるようにするから少しだけ時間をちょうだい』

しかしマネージャーは、大きく首を横に振った。

「無理よ……治るかもどうかもわからないのに。それに、どうやって間を持たせるつもり？　……やっぱり中止にするしかないわ。アナウンスを出してもらいましょう」

と、マネージャーが絶望的な表情で言い、楽屋を出ていこうとする。和穂たちがその背に追いすがり、一時楽屋が騒然となった。

まさに、そのときである。

「——中止になんてさせません！」

楽屋の扉が勢いよく開いたかと思うと、一人の少女が姿を現した。

「!? あ、あなたは……」

「………………！」

マネージャーが驚愕の声を上げ、菜絵が目を見開く。

「まさか——誘宵《いざよい》美九さん……!?」

そう。部屋に入ってきたのは、今や世界を股にかける歌姫・誘宵美九だったのである。

「はい。今日はご招待ありがとうございます。——観客席で拝見していましたが、素晴らしいステージでした。ここで終わりになんてしていいはずがありません」

美九は肩で風を切るように歩くと、壁際《かべぎわ》に立っていた狂三の前で足を止めた。

「——三〇分です。三〇分、私が場を繋《つな》いでみせます。その間に、事件を解決してください。——できますね、狂三さん？」

そしてそう言って、狂三に視線を送ってくる。狂三は小さく肩をすくめた。

「随分と買い被《かぶ》ってくださいますわね。そんな時間で犯人を突き止め、あまつさえお二人の声を元に戻せと？」

狂三が言うと、美九はニッと唇の端を上げてみせた。

「少し長すぎましたか？」

「……あら、あら」

狂三は目を細めると、ふうと息をついた。

「しばらく見ない間に随分と挑発が上手《うま》くなりましたわね。――美九さんこそ、三〇分もの時間、お客さんを繋ぎ止めておくことができまして？」

「当然です。私を誰だと思ってるんですか。ついでに『シークレットゲスト』『誘宵美九』でSNSのトレンドを埋めてみせますよ」

美九が不敵に微笑《ほほえ》むと、マネージャーが訝《いぶか》しげに声を上げてきた。

「あの、その人は一体……？　バックダンサーじゃないんですか？」

そのもっともな疑問に、美九は大仰な仕草でうなずいた。

「この方は、菜絵さんに相談を受けた私が、予告状の調査を依頼した探偵――時崎《ときさき》狂三さんですぅ！」

「た、探偵……？」

マネージャーが、驚いたように目を丸くする。『PeaCH《ピーチ》』の三人もまた、似たような表情を作った。

「ええ、まあ。そういうことになっていますわね」

「そして私の愛《いと》しのステディの一人でもあります」

「それはまったく違いますわね」

狂三が半眼で返すと、美九《みく》は「んもー、これくらい乗ってくれてもいいじゃないですかー」と唇を尖《とが》らせたのち、パンと手を叩《たた》いた。

「とにかく、狂三さんに任せておけば大丈夫ですので、皆さん協力してください！　では、私はステージに向かいます。あんまり遅いと、お客さんたちを私の虜《とりこ》にしちゃいますよ～？」

美九は反論を挟む間もなくそう言うと、楽屋の前に控えさせていたと思しきスタッフにテキパキと指示を発しながらステージへ向かっていった。

「——今話した通りです。私がステージに立ちます。一曲目はアカペラで歌いますので、その間に音源を用意してください。——え？　事務所を通さないと？　もう、そんなこと言っている場合ですか。全責任は私が取ります。早く！」

普段の頓痴気な様子が嘘《うそ》のようである。彼女もまた、プロフェッショナルということだろうか。狂三は少しだけ彼女を見直すように息をついた。

「え、ええと……」

楽屋に残されたマネージャーは、しばしの間呆気《あっけ》に取られた顔をしていたが、やがてようやく状況を呑《の》み込んだのか、どこか疑わしげな視線を狂三に向けてきた。

「……探偵さん？　でいいのよね。あなた、本当に事件を解決できるの？」

「…………」

問われて、狂三は一瞬無言になった。

正直、我が探偵でございと宣言して注目を浴びるのはあまり好きではない。そもそも探偵業自体が、魔術工芸品《アーティファクト》回収の副産物のようなものなのだ。

けれど、せっかく美九が残していってくれた空気を無駄にしてしまうのもまた、憚《はばか》られた。自信満々といった風で、大仰にうなずいてみせる。

「ええ。わたくしに任せてくださいまし――」

と。

「――ちょっと待った。僕も噛《か》ませてもらおうか」

狂三が言った瞬間、後方からそんな声が響いてきた。

「……！　玲門《れもん》さん？」

後方を振り向き、狂三は訝しげな顔を作った。いつの間に現れたのか、そこには和服姿の自称未来探偵・永劫寺《えいごうじ》玲門の姿があったのである。

「いやはや、大変なことになってしまいましたね。歌手から声を奪おうとは。不届きな輩《やから》もいたものです」

「あ、あなたは……？」

そのあまりに怪しい雰囲気に、和穂《かずほ》が困惑したように言う。すると玲門は、恭《うやうや》しく礼をしてみせた。

「──ああ、申し遅れました。僕は永劫寺玲門。探偵です。時崎くんと同様、予告状の調査を請け負っておりました。──もちろん事件解決こそが第一ではあるのですが、前金をもらっている手前、ただ見ているというのも具合が悪い。僕にも機会をいただけますでしょうか」

「は、はあ……」

マネージャーが気圧《けお》されたように汗を滲《にじ》ませる。すると玲門は、ニッと微笑みを浮かべながら続けた。

「なお既に僕は、犯人がお二人から声を奪った方法を突き止めております」

「……！　ほ、本当……⁉」

玲門の宣言に、マネージャーが声を震わせた。『ＰｅａＣＨ《ピーチ》』のメンバーたちも皆、驚いたような顔を作る。

すると玲門がふっと微笑みながら、狂三《くるみ》に視線を向けてきた。

「さて、どうかな、時崎くん。君はそこまで辿《たど》り着いているかい？」

「――ええ、まあ。おおよそ当たりは付いていますわ」

狂三が言うと、玲門はわざとらしく拍手をしてみせた。

「ほう。それは素晴らしい。――まだ今回使われた魔術工芸品《アーティファクト》の名すら知らないというのに、観察力のみでそこに辿り着くとは」

「――、なんですって？」

玲門の言葉に。

狂三は、表情を険しくした。アヤもまた、驚愕《きょうがく》に目を見開いている。

「あなた、なぜ魔術工芸品《アーティファクト》のことを知って……？」

「さて。別にそれは君たちの専売特許というわけでもないはずだが」

「…………」

言われて、狂三は口を噤《つぐ》んだ。――確かに玲門の言う通り、別に魔術工芸品《アーティファクト》は、狂三たちのみが知るものではない。かつて魔術師が作り上げたものを、アヤの先祖が蒐集《しゅうしゅう》していたというだけだ。その存在を知る者が他にいても、何もおかしくはない。

だが、魔術工芸品《アーティファクト》のことを知る探偵が、偶然狂三と同じ事件の調査を依頼され、偶然この場に居合わせるなどということが、本当にあるのだろうか。

狂三が思案を巡らせていると、玲門はパンと手を打ち鳴らした。

「では聞こう。犯人は魔術工芸品《アーティファクト》を何に仕込んだのかな？　もし正解できたなら、今回使用された魔術工芸品《アーティファクト》の名を教えてあげよう」

狂三は警戒心を露《あら》わにしながらも、口を開いた。

「…………、恵《めぐみ》さんのマイクでしょう？」

そう。ステージ上で声を失った二人が触れていたもの。そして、『声』というキーワードを考えた場合、もっとも可能性が高いのはそれだったのである。

すると玲門は、パチパチと拍手をした。

「ご名答。素晴らしい観察眼だ」

玲門は満足げに言うと、テーブルの上に置かれていたマイクを指さした。――ステージの上で恵が使用し、途中で菜絵《なえ》に手渡したものである。恵の担当カラーである青い石とリボンが付けられていた。

「そう、これだ。加山《かやま》マネージャー。このマイクを取ってくれますか？」

「え？　ああ……それはいいですけど、あなたの方が近いような……」

「申し訳ない。見ての通りこの細腕、箸より重いものは持ったことがないもので」

「は、はあ」

マネージャー（加山という名らしい）は不思議そうにしながらも、玲門に求められた通りマイクを手に取った。

すると玲門は、皆の注目を集めるように話を再開した。

「さて、ではお話しいたしましょう。如何《いか》にして犯人が、可憐《かれん》な歌姫の声を奪ったのか。——ただ、二つ約束していただきたい。一つは、これからどんなに信じ難《がた》いことが起こったとしても取り乱さないこと。そしてもう一つは、それを絶対に口外しないこと。よろしいですか？」

『…………』

玲門の言葉に、不思議そうな顔をしながらも皆がうなずく。

玲門は大仰に首肯すると、促すように手を広げた。

「では加山マネージャー。そのマイクで、一曲歌ってみてくださいますか。そうだな、先ほどお三方がステージで披露した曲がいい。ああ、電源は入れなくて結構」

「へ……？　わ、私がですか？」

「ええ。それで全てがわかります」

「はあ……じ、じゃあ、失礼して……」

玲門に言われ、マネージャーは少し恥ずかしそうにしながらも、歌を歌い始めた。

さすがはマネージャーというべきか、担当アイドルの曲の歌詞は頭に入っているらしい。音程こそやや怪しいものの、ミスらしいミスもなく歌声を響かせる。

そして、それから一分ほど経《た》った頃だろうか。曲の中盤にさしかかったあたりで。

「…………っ⁉　…………！」

突然歌声が途絶えたかと思うと、マネージャーが喉を押さえて渋面を作った。

「え……⁉　な、何……？　どうしたの加山さん！」

和穂が慌てた様子で呼びかけるも、マネージャーは答えようとしなかった。否《いな》、正確に言うならば、顔は和穂の方を向き、唇は何かを訴えかけるように動いているのだが、その喉からは声が発せられていなかった。

――やはりか。狂三は無言で目を細めた。

「こ、これって……」

和穂が驚愕の表情を作る。それを見て、玲門が大仰にうなずいた。

「――そう。これが、犯人の用いた手口。魔術工芸品《アーティファクト》『人魚の涙』。一定時間至近距離で声を発し続けることで、対象の声を封じ込める魔性の秘石です。にわかには信じ難いかもしれませんが、『そういうもの』があるという前提で話を聞いていただきたい」

「……『人魚の涙』……」

狂三はその名と効果、発動条件を舌の上で転がすように反芻《はんすう》した。

秘石——ということは、マイクに取り付けられた青い石こそが魔術工芸品《アーティファクト》の本体なのだろう。ならばやはり犯人は、マイクにそのような細工ができる関係者に絞られる。

狂三が思案を巡らせていると、玲門が続けた。

「さて、では犯人は、一体何者なのでしょう。マイクに細工を施すことができた人物であることに間違いありません。そして、今回の事件でもっとも得をした人間とは——？」

玲門は言いながら、呆然《ぼうぜん》と立ち尽くす和穂に視線を向けた。

「そういえば猿渡《さわたり》和穂さん。『ＰｅａＣＨ《ピーチ》』の中で、あなただけが唯一、声を失っていませんね？」

「な、何が言いたいのよ」

「いえ。——ただ少し小耳に挟んだのですが、あなたは前々からソロ活動にも強い興味を示していたらしいじゃありませんか」

ニッと笑いながら、続ける。

「このままお二人の声が出ないとなれば、必然一人で活動をすることになるでしょう。それに、これだけの事件です。アイドルが声を奪われたとなれば、マスコミも放ってはおかないでしょう。一人残されながらも気丈に振る舞うあなたは悲劇のヒロインだ。ソロデビューの触れ込みとしてはこの上ない宣伝になりそうですねぇ」

「な……っ⁉　わ、私が犯人だって言うの⁉」

玲門の言葉に、和穂が憤然と声を上げる。

「そんな理由で疑われたんじゃたまらないわ！　そもそも、恵はともかく、菜絵があのマイクを使ったのは偶然じゃない！」

「ええ、そうですね。ですが、事前に不穏な予告状を受け取っていたあなた方は、ライブ中に何かが起こる可能性を考えていたのでは？　そして何が起ころうと、ライブを中断することはしないと覚悟を決めていた。たとえば万一誰かが歌えなくなったなら、サポートしてリカバリーしようと決めていた――とか」

「そ、それは……」

「まあ、とはいえそれは本当に偶然だったのかもしれませんね。本当は今日声を失うのは、恵さん一人の予定だったのかもしれません。何しろネタさえ割れていなければ、いつでも菜絵さんの声を奪うことは可能だったわけですから」

「あ、あなたねぇ……っ！」

疑いを向けられた和穂が、玲門に食ってかかる。しかし玲門は、飄々《ひょうひょう》とした様子で肩をすくめるのみだった。

「…………」

そんな様子を見ながら、狂三は難しげな顔をしてあごを撫《な》でた。

玲門《れもん》の言う通り、和穂はステージに立っていた三人の中で唯一、声を失っていない。だが、だからといって彼女が犯人と決めつけてよいのだろうか。

あんな予告状が送られていたというのに、一人難を逃れたメンバーがいたなら、いらぬ憶測を呼ぶのは必然である。もしも狂三が『人魚の涙』などというものを持っていたならば、むしろ——

「——まさか」

狂三が呟《つぶや》くと、アヤがそれに気づいたように顔を上げてきた。

「先生、何かわかったんですか？」

「……まだ確証はありませんわ。ただ——」

狂三は短い思案ののち、アヤに目を向けた。

「アヤさん。二つ、頼みたいことがございます。お願いできまして？」

するとアヤは、どこか嬉《うれ》しそうに胸を張ってみせた。

「もちろんです。わたしは先生の助手なんですから一

アヤは大仰にうなずくと、狂三《くるみ》からの指示を受けて、こそこそと部屋を出ていった。

「さて――と」

狂三はその背を見送ったのち、未《いま》だ言い合いを続ける玲門と和穂《かずほ》の方に目を向けた。

「お二人とも、少し落ち着いてくださいまし。玲門さん、和穂さんを犯人と決めつけるのは早計ではありませんこと？」

「ほう」

狂三が言うと、玲門はその横槍《よこやり》をこそ待っていたと言わんばかりに眉を揺らした。

「すると時崎《ときさき》くんは、他に犯人がいると？」

「ええ。その可能性は大いにあるかと」

狂三の言葉に、玲門は興味深げにあごを撫でた。

「面白い。君の考えを聞こうじゃないか。一体誰が、恵さんのマイクに『人魚の涙』を仕掛け、二人の声を奪ったと言うんだい？」

玲門が面白そうに問うてくる。

しかし狂三はすぐにはその問いに答えず、ゆったりとした動作で腕組みをしたのち、細く息を吐き出した。

「――玲門さん。先ほどお会いしたとき、仰《おっしゃ》いましたわね。未来を見通せるという触れ込みで探偵業を営んでいる、と」

「ああ、言ったね。それが？」

「実はわたくしも、特殊な能力を持っておりますの。――この世ならざるものの声を聞くことができる、という」

「……ほう？」

玲門が目を細める。狂三は不敵に微笑《ほほえ》みながら続けた。

「『彼ら』は、我々にはわからない様々なことを知っていますわ。せっかくですから聞いてみましょう。この事件の犯人が誰なのかを――」

と、狂三がそう言った、次の瞬間。

突然楽屋の照明が消え、辺りが闇に閉ざされた。


「……！　……!?」

楽屋の椅子に座った犬塚《いぬづか》菜絵は、突然の事態に目を白黒させた。

だがそれも当然だ。探偵を名乗るバックダンサー――時崎狂三が何やら恐ろしげなことを言った瞬間、辺りが真っ暗になってしまったのだから。

「な、何……⁉　停電⁉　ポルターガイスト⁉」

暗闇の中、慌てたような和穂の声が響いてくる。

と、それから数秒後。再び部屋に電気が点《つ》き、周囲の様子が見取れるようになった。

「……？」

が、菜絵《なえ》は違和感に眉根を寄せた。

部屋が明るくなったのはいい。だが電気が消える前に見ていた景色と、何かが異なっている気がしたのである。

と――そのときだ。

「――わっ！」

菜絵の首に冷たい手のようなものが触れたかと思うと、耳元で大きな声が発せられた。

「………⁉」

突然のことに、菜絵はビクッと身体《からだ》を震わせた。

喉から激しく呼気が漏れる。もしも声が失われていなければ、凄《すさ》まじい悲鳴を上げてしまっていたに違いない。

「――きゃあっ！」

そう。まさにこんな風に――

「…………？」

右方から聞こえた悲鳴に、菜絵は眉をひそめた。

理由は単純。その声は、今聞こえるはずのないものだったのである。

心拍を落ち着けながら周囲の様子を見回し、菜絵はようやく状況を把握した。

いつの間にやら狂三が、菜絵と恵《めぐみ》の後ろに現れ、二人の首に手を触れていたことを。

――そして、それに驚いた恵が、甲高い悲鳴を上げたことを。


「――推理の時は刻まれましたわ」

狂三は菜絵と恵の首から手を離すと、その場にすっくと立ち上がった。

「あ、あなた……いつの間にそんなところに」

狂三が数秒の間に元の場所から移動していたことに驚いたのだろう。和穂が汗を滲《にじ》ませながら言ってくる。狂三はくすくすと笑った。

「事前に照明が落ちることを知っていれば、そう難しいことではありませんわ。――わけあって、暗闇の中を移動するのは慣れておりますし」

「じ、じゃあ、今のは幽霊の仕業じゃ……」

「ああ、あれは全部出任せですわ。この世ならざるものの声など、聞けるはずがないではありませんの」

あっけらかんとした調子で狂三が言うと、和穂はポカンと口を開けた。

狂三はニッと唇を歪《ゆが》めると、腕組みしながら言葉を続けた。

「ですが、もっと可愛《かわい》らしいお声は拝聴できましたわね。――ねえ、恵さん？」

「…………っ」

狂三が言うと、菜絵の隣に座っていた恵が小さく肩を震わせた。

「――やはりそうでしたのね。あなたは、声を奪われてなどいなかった。歌えなくなった振りをして、菜絵さんに自分のマイクを手渡しただけ。普通なら違和感を覚えるこの行動も、あんな予告状が送られたあとならばあり得なくはない。あなたは確信していたのです。心優しい菜絵さんならば、きっと自分のマイクを受け取ってくれると。――あなたはこの行動によって、自分を容疑者から外すことに成功したのです」

「…………」

「うふふ、もう無理して口を噤《つぐ》む必要はありませんわよ。あなたの悲鳴は、ここにいる全員が聞いているのですから」

恵はしばしの間黙りこくっていたが、やがてふるふると首を横に振った。

「違う……わ、私じゃない……」

「あら、あら。ではなぜ、あなたの声は失われていないのです？」

「……お、驚いたら……声が出るようになったみたい」

そして、言い訳をするようにそう言ってくる。狂三はやれやれと肩をすくめた。

「この期に及んで言い逃れですの？　同じく驚いた菜絵さんは声が出ないままのようですけれど」

「そ、そんなの……！　私だって知らないわよ！　そもそも、私だってそのマイクで歌ってたじゃない！」

恵がテーブルを叩《たた》きながら叫びを上げる。狂三はふうと息をついた。

「あくまで、自分は犯人ではないと、そう仰るのですね？」

「そ、そうよ。何を根拠に、そんな……！」

恵の言葉に、狂三は手のひらを広げながら答えた。

「しばしお待ちくださいまし。──そろそろ、ポルターガイストの主が戻ってくる頃ですわ」

「え……？」

恵がきょとんと目を丸くする。するとそれに合わせるようなタイミングで楽屋の扉が開き、小柄な少女が姿を現した。——アヤだ。

アヤは、自分が注目を集めていることに驚きながらも、とてとてと狂三の元へやってきた。

「お願いしたものは？」

「はい。スタッフさんにお願いして、データをコピーしてもらいました。こちらです」

言って、アヤがスマートフォンを手渡してくる。狂三は「ご苦労様」とそれを受け取った。

「……何よ、それ」

不審そうに恵が問うてくる。狂三はニッと唇を歪め、スマートフォンの画面をタップした。

するとスマートフォンのスピーカーから、アップテンポの曲が流れ始める。

「これは……」

「ええ。『ＰｅａＣＨ《ピーチ》』の代表曲——先ほど実際にライブで流された音源ですわ」

「…………っ!?」

狂三が言うと、恵はハッと息を詰まらせた。顔が青ざめ、肩が上下に揺れる。

数秒後、その理由は明らかになった。

今流れているのはライブの音源。つまりは声の入っていない音のみのデータのはずだ。

だが、その音源には、恵の歌声のみが入っていたのである。

「えっ？　これって……」

「──お聞きの通りですわ。恵さん。あなたはマイクに声を発してはいなかった。所謂《いわゆる》『口パク』をしていたのですわ。もしもまだ言い逃れをしようというならば、この不可思議な音源の理由を説明してくださいまし」

「……う、ッ、あ……あぁ……っ」

狂三が曲の流れるスマートフォンを突きつけると、恵は観念したようにその場にくずおれた。

その声は何よりも雄弁に、彼女が犯人であるということを示していた。

「恵……本当に……？　なんでこんなこと──」

和穂が困惑したように渋面を作り、恵を見つめる。

恵はしばしの間顔を俯《うつむ》かせていたが、やがて涙に濡《ぬ》れた面を上げた。

「……なんで……？　いいじゃない……菜絵は全部持ってるんだから。可愛くて、性格もよくて、みんなに好かれて……。私には歌しかないのに、どれだけ努力してもセンターは菜絵のもの……！」

「あんた……そんな理由で……」

和穂が眉を歪めながら言うと、菜絵がゆっくりと椅子から立ち上がり、恵の前に立った。

「…………」

そして無言でスマートフォンに文章を打ち込み、その画面を恵に示す。

『声の戻し方は？』

恵は大きくため息をつくと、全てを諦めたように声を発した。

「……『人魚の涙』――マイクに付いてる宝石を割れば、元に戻ると思うわ……」

「…………」

菜絵はマイクから宝石をむしり取ると、そのままそれを床に放り――力任せに踵《かかと》で踏みつけた。

アヤが「あっ」と口を開くも、遅い。甲高い音とともに、青い宝石が砕け散る。

「…………、……、あ、あ――」

やがて、吐息の漏れる音しか聞こえなかった菜絵の喉から、声が発せられる。

菜絵は自分の声を確かめるように二、三言葉を呟《つぶや》くと、恵の胸ぐらを摑《つか》み上げ、腕を大きく振り上げた。

「――――！」

恵が怯《おび》えるように目を瞑《つぶ》る。

しかしいつまで経《た》っても、楽屋に平手打ちの音は響かなかった。

怒りに震える菜絵の手は、静かに恵の頬に触れたのみだったのだ。

恐る恐る目を開けた恵が、震える声を発する。

「菜絵……なんで？」

「……顔腫らしてステージに立つアイドルがどこにいんだよ」

菜絵は、先ほどまでとは印象の異なる粗野な物言いでそう言うと、恵の胸ぐらから手を離した。恵の小柄な身体が床にくずおれる。

「……早く用意して、恵。和穂《かずほ》も。そろそろ約束の三〇分よ」

「そ、それって……」

菜絵の言葉の意味するところを理解したように、恵が目を丸くする。すると菜絵は吐き捨てるように続けた。

「勘違いしないで。別に許しちゃいないわよ。──でも、今はライブよ。それより大事なことなんてありゃしない。違う？」

「わ、私……は……」

「涙引っ込めろ。腹括《くく》れ。──アイドルでしょ」

菜絵が有無を言わさぬ調子で宣言する。

被害者がこう言っている以上、今はライブの再開を最優先にせざるを得ないと判断したのか、和穂とマネージャーも、今はそれ以上恵に何かを言うつもりはないようだった。

その後のことは、自分の関知するところではない。狂三《くるみ》はふうと息をついた。

「……ひとまずは、一件落着といったところでしょうか」

そして肩をすくめながら、玲門《れもん》の方に視線を向ける。

「さて、いかがでして玲門さん。どうやらわたくしの推理が正しかったようですけれど——」

が、言いかけたところで狂三は言葉を止めた。

理由は単純。つい先ほどまでそこにいたはずの玲門が、影も形もなくなってしまっていたのである。

「……？　アヤさん、玲門さんはいずこに？」

「へ？　あ……いない。どこへ行ったんでしょう」

「…………」

どうやらアヤも見ていないらしい。狂三は不審そうに眉根を寄せた。

「もしかしたら、推理が間違っていたから気まずくなって帰っちゃったとか……？」

「そう……かもしれませんわね」

アヤの声にそう答えながらも、狂三は眉根のしわを解くことができないでいた。

確かに玲門の推理は間違っていたのかもしれないが、彼女が狂三たちも知らない魔術工芸品《アーティファクト》のことを知っていたのは事実だったのである。彼女の知識がなければ、狂三はまだ真犯人に辿《たど》り着けていない可能性もあった。まさか、狂三に犯人を当てさせるために、わざと見当違いなことを言ったということはあるまいが――

「――――」

と、そこで狂三はとあることを思い出し、息を詰まらせた。

そう。ライブの直前、玲門は言っていたのだ。――「これからステージ上で一人、声を失うことになる」と。

声を失ったのは恵《めぐみ》と菜絵《なえ》の二人だったため、適当なことを言っていただけと思っていたのだが――実際のところ、恵は声を失っていなかった。

これは偶然なのだろうか。はたまた――

「――探偵さん」

と、狂三がそんなことを考えていると、菜絵が声をかけてきた。

「……！　ああ、ええ。なんですの？」

「改めてお礼を。おかげでライブを再開することができそうです」

言って、菜絵が深々と頭を下げてくる。

狂三はもやもやとした考えを振り払うようにふうと息をつくと、言葉を返した。

「お礼は美九《みく》さんに仰《おっしゃ》ってくださいまし。──今のわたくしは、ただのしがないバックダンサーですので」

狂三が言うと、菜絵はきょとんとした顔をしたのち、ふっと頬を緩めた。

「──じゃあ、行きましょうか。私たちのステージへ」

狂三は大仰にうなずくと、菜絵たちのあとに付いてステージへと向かった。

◇

「にしても──骨折り損とはこのことですわね」

後日。時崎《ときさき》探偵社で。

青い宝石の破片が収められた瓶を振りながら、狂三はやれやれと息をついた。

そう。わざわざ振り付けを覚えてまでライブに潜入したものの、結局得られたのは、砕け散った魔術工芸品《アーティファクト》の残骸のみだったのである。

一応回収したあと試してみたが、いくら至近距離で囁《ささや》いてみても、歌ってみても、狂三の声が封じられることはなかった。どうやら踏み砕かれたことで、完全に効力を失ってしまったようである。

「まあまあ、いいじゃないですかー。人の声を封印する宝石なんて、ない方がいいに決まってます！」

力強く拳を握りながら言ったのは美九だった。今は応接スペースのソファに腰掛けながら、アヤの淹《い》れた紅茶を飲んでいる。

「軽く言ってくださいますわね……かつて魔術師が作り上げた至高の工芸品ですわよ？　どれだけ貴重なものかわかっておられまして？」

「でも菜絵さんの美声の方がもぉーっと大事だと思います！」

「はあ……」

きっぱりと断言する美九に、狂三はもう一度ため息をついた。……別に彼女の言葉に異を唱えるつもりはなかったけれど、それはそれとして残念な心地は拭えないのだった。

「そういえば――『ＰｅａＣＨ《ピーチ》』の皆さんはどうなりましたの？」

狂三が瓶をテーブルに置きながら尋ねると、美九は「ああ」とうなずいてきた。

「ライブのあとにいろいろとあったみたいですけど……結局、今まで通り活動を続けるそうです」

「ふむ。あそこからよく関係を修復できたものですわね」

「なんでも、私が飛び入りでライブを盛り上げすぎちゃった結果、打倒誘宵《いざよい》美九ってことで一致団結しちゃったらしいです」

「……そうですの」

美九の言葉に、狂三は短く答えた。

彼女らの間にどのようなやりとりがあったのかは知らないが、当事者同士がそう判断したのならば狂三が口を挟むようなことではあるまい。何より、貴重な魔術工芸品《アーティファクト》を一つふいにしてまでライブを再開したのだ。そう簡単に解散されてしまっても困るというものだった。

と、そこで美九が、思い出したように続けてきた。

「あ、そうだ。お願いされてた件ですけど……」

「何かわかりましたの？」

狂三が問うと、美九は申し訳なさそうに首を横に振った。

「いえ、何も。……っていうか、菜絵さんたちの事務所は、探偵さんなんて雇ってないって言ってました」

「……なんですって？」

狂三は訝《いぶか》しげに眉根を寄せた。

――そう。いつの間にか現場から姿を消した自称未来探偵・永劫寺《えいごうじ》玲門。魔術工芸品《アーティファクト》のことを知る彼女にコンタクトを取るべく、美九には依頼主である『ＰｅａＣＨ《ピーチ》』の事務所に連絡先を聞いてもらっていたのだが……

「では……あのときあの場にいた彼女は、一体何者ですの……？」

「さぁ……私はその方を見てないのでなんとも。……というか、和服サングラス長身美女なんて私も会いたいんですけど。なんで写真撮っておいてくれなかったんですか？」

「…………」

キリッとした顔で言ってくる美九に、狂三は半眼で以《もっ》て返した。

と、そこで狂三は気づいた。美九の向かいのソファに腰掛けたアヤが、先ほどから何やら楽しげにスマートフォンを見ていることに。

「……アヤさん？　何をご覧になっておられますの？」

「ああ、はい。これです」

アヤはすっくと立ち上がると、狂三の前まで歩いてきて、スマートフォンの画面を示してきた。

そこに表示されていたのは、とあるＳＮＳのまとめ記事だった。

どうやら『ＰｅａＣＨ《ピーチ》』のライブに関するコメントを纏《まと》めたものらしい。

序盤のトラブルや、まさかの誘宵美九参戦などに言及するコメントが多く見られる中、ちらほらと変わったコメントが見受けられた。

『なんか今回、めっちゃ可愛《かわい》いバックダンサーいなかった？』

『いたいた。初めて見る子だったよね。研究生にしてはだいぶ大人っぽかったけど』

『公式見ても載ってないんだけど』

『何者？』

「…………」

「やはり、わかる人にはわかるのですね」

狂三が無言で頬をぴくつかせていると、なぜかアヤが誇らしそうに言った。その記事を覗《のぞ》き込んだ美九が「あらー」と笑みを作る。

「こんなに話題になるなんて、意外と天職だったんじゃないですかー？　どうです？　今度は私のライブで踊ってみませんか？」

「……遠慮しておきますわ。今のわたくしは、ただのしがない探偵ですので」

狂三は、小さく肩をすくめながら答えた。

The artifact crime files
kurumi tokisaki

Case File II

あれは暇を持て余した漫画家さんの鳴き声ですわ

狂三コミック

「てれてーてー、てれてーてーててー♪」

などというメロディが、時崎探偵社の応接スペースに聞こえてきたのは、とある平日の昼下がりのことだった。

天宮《てんぐう》駅から徒歩五分程度の場所に位置する、こぢんまりとした事務所である。大仰に看板を掲げたり、宣伝を打ったりしているわけでもないので、普段から訪問客もさほど多くはない。

しかし、そんな事務所の扉が今僅かに開き、その合間から珍妙な歌声が聞こえてきていたのである。どうやら人気探偵アニメのBGMを意識しているらしい。

「あの、先生」

それに気づいてか、眼鏡をかけた小柄な少女が、困惑したような顔を向けてくる。——狂三のスポンサー兼探偵助手のアヤである。

しかし狂三は、表情を変えることもなく首を横に振ってみせた。

「気にしないでくださいまし」

「でも、依頼人さんかもしれません」

「いえ、あれは暇を持て余した漫画家さんの鳴き声ですわ」

「──ふっ、よくぞ見抜いた！」

狂三《くるみ》が言うと、扉が勢いよく開かれ、一人の女性が姿を現した。

ショートカットの髪に赤い縁の眼鏡が特徴的な長身の女性である。すらりと伸びた足を誇示するように気取ったポーズを取っているのだが、つい先ほどまで妙な歌声を響かせていたためか、あまり格好がついているようには見えなかった。

「見た目はハタチ！　頭脳はイソジ！　その名は、名探偵二亜《にあ》ちゃん！

……って、だーれが五十路《いそじ》じゃあぁぁぁぁっ！」

「誰も何も言っていませんわよ」

自分で自分の言葉にツッコミを入れる女性に、狂三は半眼を作った。

本条《ほんじょう》二亜。近所に住んでいる漫画家だ。予想通りの顔に、やれやれと肩をすくめる。

「ティータイムでしたらまだですわよ、二亜さん。どこかで一時間ほど時間を潰してきてくださいまし」

「あ、そーなの？　えっへっへ、こいつぁすいやせんね。そいじゃあまた一時間後に……って、こんなお約束じみたノリツッコミさせせんなっつーの！」

二亜が叫びを上げてくる。狂三は机の上に開いていたファイルをぱたんと閉じると、そちらに向き直った。

「では、一体なんのご用でして？」

「何って、ここ探偵事務所でしょ？　それが依頼人に対する態度か～？」

「……依頼人？」

狂三が怪訝《けげん》そうに眉をひそめると、二亜は大仰にうなずいてみせた。

「そ。ちょーっと妙なことが起こってさ。相談に乗ってほしいんだよね」

「ふむ……聞いて差し上げたいのはやまやまですけれど、ここは普通の探偵事務所ではありませんの。あまりお役に立てるとは……」

「わかってるって。みっきーから聞いたけど、不思議事件専門なんでしょここ？　その上での依頼よ」

「……締切《しめきり》までの残り日数がいつの間にかなくなっているのは、時間泥棒に盗まれたからではなく、二亜さんが怠けた結果ですわよ？」

「だから違うってーの！」

狂三が半眼を作りながら言うと、二亜がわかりやすく地団駄を踏みながら叫びを上げてきた。

狂三は「冗談ですわ」と肩をすくめると、ソファの方に二亜を促した。

「とりあえず、おかけくださいまし。――アヤさん、お茶をお願いします」

「はい」

アヤがこくりとうなずき、慣れた手つきで紅茶の用意を始める。狂三は椅子を立つと、二亜の向かいのソファに歩いていき、腰を落ち着けた。

ほどなくして、アヤが狂三と二亜の前に、ルビー色の液体で満たされたティーカップを置く。

「どうぞ」

「おっ、ありがとね、アーやん」

「アーやん……」

突然の気安い愛称に、アヤが目を丸くする。狂三は小さく苦笑した。

「あまり気にしないでくださいまし。二亜さんのあだ名は独特ですので」

狂三は紅茶を一口飲むと「それで」と話を始めた。

「妙なこと……と仰《おっしゃ》いましたわね。一体何が起こりましたの？」

「そうそう。これなんだけど……」

二亜は持参していた鞄《かばん》の中から、Ｂ５判の漫画雑誌を取り出した。

表紙には『週刊少年ブラスト』とある。確か二亜が連載している雑誌だ。

「これ、今週発売の最新号なんだけどさ……」

二亜はそう言いながら雑誌を捲《めく》ると、とあるページで指を止め、狂三の方に誌面を向けてみせた。

開かれたページに載っていたのは、『覇星のシェダル』という名の漫画だった。作者の名は岩永瞬《いわながしゅん》。何年も前から連載されている人気作だ。狂三もタイトルくらいは聞いたことがあった。

「この漫画が何か？」

「うん……この作者の岩永先生、実はデビュー時からの知り合いでさ。この前久々に呑《の》もうかと思って、酒持って家に突貫したのよ」

「はた迷惑な話ですわね」

「いやー、珍しく原稿早めに終わってテンション上がっちゃってさー」

「まあいいですわ。それで、何がありましたの？」

狂三が問うと、二亜は真剣な表情をしながら続けてきた。

「あたしも家を訪ねてみて初めて知ったんだけど……岩永先生――半年近く前に亡《な》くなってたんだよね」

「…………は？」

二亜の言葉に、狂三は思わず目を丸くしてしまった。

「つまり……今雑誌に載っているのは、その岩永先生が生前描きためていた原稿……ということですの？」

「うんにゃ。そりゃ数本くらいはストックあるかもだけど、週刊連載は修羅の道だからね。連載続けながら半年分もの原稿を描きためるのはまず不可能だよ。岩永先生、そこまで筆が早いってわけでもなかったし」

「では、誰かが連載を引き継いでいる……ということでして？」

「うーん、それもないかな。これはどう見ても岩永先生本人の絵だし、もしそうなら編集部からアナウンスが出てるはずでしょ？

　正直、何が起こってるのか全然わかんないのよ。——だから、くるみんに調査してほしいんだよね」

「ふむ……」

　狂三は難しげな顔をしながら、あごに手を当てた。

「半年前に亡くなったはずの漫画家さんの原稿が、今もなお毎週雑誌に載り続けている——ですの。確かに奇妙な事態ですわね」

「先生、もしかして、これは」

　アヤの言葉に、狂三は小さくうなずいた。

「ええ。――魔術工芸品《アーティファクト》が絡《から》んでいる可能性がありますわね」

魔術工芸品《アーティファクト》。それは、かつて魔術師が作り上げたという、不可思議な力を有した工芸品。

狂三とアヤが奇妙な探偵事務所を営んでいる理由は、アヤの家の蔵から散逸してしまった魔術工芸品《アーティファクト》を、再度蒐集《しゅうしゅう》するためだったのである。

「――いいでしょう。二亜さん、この依頼、わたくしがお受けいたしますわ」

◇

「岩永先生が……半年前に亡くなっていた⁉」

『週刊少年ブラスト』を発行する出版社の打ち合わせブースでそんな声を上げたのは、岩永瞬の担当編集・古見健輔《こみけんすけ》だった。

そう。事件の調査に乗り出した狂三は、早速二亜にアポイントメントを取ってもらい、岩永の担当編集に話を聞きにきていたのである。

担当編集ならば岩永と頻繁に連絡を交わしているだろうし、件《くだん》の原稿をいの一番に受け取る立場にある。まず話を聞くとしたらここしかないという人物だったのだ。

だが、狂三と二亜が事情を説明したところ、返ってきたのは先ほどの反応であった。

「ちょ、ちょっと待ってください。何を言ってるんですか。今週もちゃんと『覇星のシェダル』は載ってますし、来週分も再来週分も、原稿は既に上がってるんですよ？」

古見は狂三たちが何を言っているのかわからないといった様子で、困惑した表情を浮かべた。

その反応を見る限り、嘘《うそ》をついているようには思えない。狂三は目を細めながら言葉を続けた。

「古見さんは岩永先生の担当というお話ですが——やはり打ち合わせなどで頻繁にお会いしていたのですか？」

「え……、あ、いや……直接会ったのはもう一年以上前になります」

「では、連絡はお電話などで？」

「……いえ、しばらく前から、連絡はチャットツールを使っていました。原稿も郵送で送られてくるので、最近は仕事場にも伺ってません……」

話が進むにつれ、古見の声が段々と小さくなっていった。今まで覚えていた小さな違和感が、全て繋《つな》がっていくのを感じているような様子である。

「……いや、そんな。じゃああの原稿は誰が描いてるっていうんです？」

「それを今調べているのですわ」

狂三は視線を鋭くすると、改めて問うた。

「どんな小さなことでも構いません。今から半年前、岩永先生に何か変わったことはありませんでしたか？」

「変わったこと……」

古見はしばしの間困惑するような仕草を見せていたが、やがて何かを思い出したように「あ」と眉を揺らした。

「そういえば半年くらい前から、原稿が上がるスピードが少し早くなった気がします。あと、そのタイミングで、ちょっと仕上げの印象が変わった回があったような……」

「ふむ。その原稿を見せていただくことは可能でしょうか？」

「それは……」

古見は躊躇《ちゅうちょ》するような様子を見せたが、やがて覚悟を決めたようにうなずいてきた。

「……わかりました。くれぐれも内密にお願いします」

「ええ、もちろんですわ」

狂三が首肯を以《もっ》て答えると、古見が席を立ったのち、いくつかの封筒を携えて戻ってきた。

「こちらです」

「ありがとうございます」

狂三《くるみ》は謝辞を述べると、丁重な手つきで封筒から原稿を取り出した。

「ふむ……」

ここに来る前に下調べとして『覇星のシェダル』を読んでいた狂三だが――やはり、生原稿は迫力が違う。印刷では見取れなかった細かな筆致が、作者の熱を伝えてくるような気がした。

と、そこでとあることに気づき、目を瞬《しばたた》かせる。

「台詞《せりふ》の部分は手書きなのですね？」

そう。雑誌や単行本では綺麗《きれい》に印字されていた台詞が、全てペンで書かれていたのである。

「ああ、写植っていって、フキダシの中の台詞は、原稿をパソコンに取り込んだあと、こちらで改めて入力するんです。悪筆の先生は文字を読み取るのが大変だって聞きますね……」

言いながら、古見がちらと二亜《にあ》の方を一瞥《いちべつ》する。二亜は特に気づいた様子もなく「あーいるよねー字読めないくらい汚い人ー」と生原稿に視線を落としていた。

「いかがでして、二亜さん。プロの目から見て何か感じまして？」

「うーん……そうだねぇ。絵のタッチは岩永先生本人のものだけど、言われてみればちょっと、トーンの処理が甘い気がする。

……ただ、それを差し引いたとしても、やっぱり完成度が高すぎるんだよなー……。もし岩永先生以外がこれを描いてるんだとしたら、上手《うま》いとかいうレベルじゃない」

「というと？」

「漫画って、イラストや絵画と違って、絵が似てるだけじゃ再現不可能なわけよ。コマ割りや構図にも癖は出るし、何より先のストーリーを知らないと、続きなんて描けっこないっしょ？」

「……確かに、その通りですわね」

二亜の言葉に、狂三はあごを撫《な》でた。

魔術工芸品《アーティファクト》は、不可思議な力を有してはいるものの、決してあらゆることが思い通りになるような魔法のアイテムではない。あくまで、特定の条件を満たしたときに、特定の効果を出力する『ツール』なのだ。

岩永の原稿を再現するために何を用い、どんな条件を満たしているのか。そこを辿《たど》るのが、犯人への道筋であるのは間違いなかった。

と、狂三が思案を巡らせていると、二亜が何かを思いついたように顔を上げてきた。

「……チャットでは繋がってるんでしょ？　その偽《にせ》岩永先生と。もう直で聞いちゃう？

『おまえは誰だ』って」

「それは最後の手段ですわね。もしその結果、連絡を絶って逃げられたりしたなら、我々は犯人に辿り着く道を失ってしまいかねません」

「あー……それもそうか」

狂三と二亜がそんなことを話していると、古見が困惑した様子で額に滲《にじ》んだ汗を拭った。

「しかし……もしそれが本当だとしたら大変なことです。私の手には負えません。まず編集長に報告して、会社としての対応を仰がないと……」

狂三はその言葉を止めるように、手のひらを広げてみせた。

「まだ、一体何が起こっているのかわからない状態ですわ。真相が判明したなら必ずご報告いたしますので、調査が終わるまで待ってくださいまし」

「それは……、……はい。そうですね」

古見が、心拍を落ち着けるように息を吐きながら言ってくる。狂三は首肯でそれに返した。

「そのためにも、お願いしたいことがありますの」

「……なんでしょう？」

「岩永先生の縁者の方、あとは親しい仕事仲間やアシスタント——生前岩永先生が記したノートやデータを閲覧できたり、先のストーリー展開を聞く機会があったと思われる方を教えてくださいまし」

◇

「そう……ですか。姉のお知り合いの漫画家さんで……」

翌日。狂三と二亜は、古見に紹介された岩永《いわなが》の妹の家を訪問していた。

岩永は未婚であり、両親も既に亡《な》くなっている。残っている縁者は妹と、その娘のみという話だったのである。

岩永の妹——花村俊子《はなむらとしこ》は、突然の連絡と訪問に驚きながらも、狂三たちを丁重に迎え入れてくれた。年の頃は四〇代後半といったところだろうか。どこか線の細い印象ではあるが、所作の端々に品の良さが漂う女性だった。

「ええ。突然の訪問、申し訳ありません。——不躾《ぶしつけ》な質問ではありますが、あなたはお姉様の死をご存じだったのですね？」

「……はい」

「それでは、お姉様の死後、雑誌にお姉様の漫画が載っていたことも？」

「それは……」

狂三の問いに、俊子は逡巡《しゅんじゅん》のようなものを見せたのち、やがて観念したようにうなずいた。

「…………、はい」

その回答に、二亜が目を丸くする。

「えっ、じゃあなんで出版社に言わなかったんですか？」

俊子はしばしの間口ごもっていたが、やがて諦めたように話し始めた。

「……実は姉の死後、原稿料や印税は、遺族である私に振り込まれていまして……お恥ずかしい話ですが、うちは母子家庭で、生活もあまり楽とはいえず……」

「つまり、下手なことを言って連載が止められてしまったら、原稿料が振り込まれなくなるので黙っていた、ということですの」

「…………」

狂三の言葉に、俊子は黙ってうなずいた。

狂三は「なるほど」と息をついた。──決して褒められた話ではないが、気持ちは理解できなくもない。何者かが姉の名を騙《かた》って連載を続けているという気味の悪さを差し引いても、口座に振り込まれる原稿料は魅力的だったのだろう。

しかし、だとするとまた一つ、不可解なことができてしまった。眉根を寄せてあごを撫

である。

「今連載を続けている何者かは、完全な無報酬で原稿を描いている、ということですの？　わたくしにはよくわかりませんけれど、漫画を連載するというのは大変なことなのでしょう？」

狂三が呟《つぶや》くように言うと、二亜が大仰に肩をすくめてきた。

「そりゃあねえ……大変も大変。特に週刊連載は毎週が地獄の一丁目よ。ぶっちゃけ、来週から原稿料も印税もナシ！　なんて言われたら、大半の作家が心折れると思うわ」

ただ、と二亜が続ける。

「じゃあ金のためだけに描いてるかっていうと、そういうわけでもないのが難しいところでねぇ……」

「ふむ……ではもし二亜さんが犯人だとしたら、連載を続ける動機はどんなものが考えられまして？」

狂三が問うと、二亜は腕組みしながら答えてきた。

「……使命感、かな」

「使命感、ですの？」

「うん。だって作者が死んじゃったら、漫画はそこで終わっちゃうわけでしょ？　もしあたしが、作者と同じ絵を描けて、その後のストーリーも知ってたとしたら……どうにかして最終回まで描いてあげたい！　って思うんじゃないかな……」

「……なるほど」

二亜の言葉に、狂三は静かにうなずいた。真面目な雰囲気になってしまったことを感じ取ってか、二亜が戯《おど》けるように「ま、それにしたって、原稿料はもらわなきゃやってらんないけどねー」と肩をすくめる。

狂三はしばしの間考えを巡らせたのち、俊子に向き直った。

「――とにかく、岩永先生の死は既に編集部に伝えてしまいました。わたくしたちは、引き続き岩永先生の偽者《にせもの》を探すつもりですわ。『覇星のシェダル』の連載がどうなるかはまだわかりませんが、恐らく今のままというわけにはいかないでしょう」

「……ええ。わかっています。私たちのことは気になさらないでください。いつかはこんな日が来ると覚悟していました。関係者の皆さんや読者の皆さんに対して不誠実なことをしてしまい、申し訳ない限りです」

俊子が肩を窄《すぼ》ませながら頭を下げる。その様は、まるでそのまま消え入ってしまいそうですらあった。

そんな様子を見てか、二亜が気まずそうにぽりぽりと頭をかく。

「あー……なんというか、生臭い話になっちゃいますけど、もし連載止まって原稿料が入らなくなっても、電子印税とかグッズのロイヤリティとかでそれなりの額入ってくると思うんで、あんまり悲観しないでください」

「……はい。お気遣いいただきありがとうございます」

俊子はもう一度頭を下げると、ソファから立ち上がり、棚の引き出しから名刺と思《おぼ》しきものを取り出した。

「これは？」

「……姉は基本的にあまりアシスタントを使いたがらない人でしたが、どうしても仕事が終わりそうにないときは、仲のいい漫画家さんに手伝いをお願いしていたそうです。もしかしたら、何かの手がかりになるかもしれません。よかったら、訪ねてみてください」

俊子の言葉に、狂三と二亜は目を見合わせた。

「よろしいのですか？」

「……はい。真実を知りたいのは、私も同じですので」

神妙な面持ちで、俊子が言ってくる。

狂三と二亜は丁寧に謝辞を述べたのち、名刺に記された情報を控え、その場をあとにした。

◇

そして、また翌日。

狂三《くるみ》と二亜《にあ》は、埼玉県南部に位置するマンションを訪れていた。

そう。生前岩永の仕事を手伝ったことがあるという漫画家、武田来蔵《たけだらいぞう》の仕事場である。

「二亜さんは、この漫画家さんのことをご存じでして？」

「もち。ベテランさんだしね。ただ、直接会ったことはないかも」

「お会いしたことがないのに、突然お邪魔して大丈夫でしょうか？」

「あー、一応編集部経由でアポ取ってもらったから大丈夫だとは思うけど」

頭をかきながら二亜が言う。狂三は「ほう」と小さく息をついた。この本条《ほんじょう》二亜という女性、一見ぐうたらでいい加減なのだが、意外と礼儀を弁《わきま》えているというか、根の部分が常識人なのだった。

「なーによくるみんその目はー」

「感心していたのですわ。欲を言えばその気遣いを、わたくしの事務所に来るときも発揮してほしかったところですけれど」

「んもー、あたしとくるみんの仲じゃーん―

狂三が肩をすくめながら言うと、二亜は誤魔化すように笑いながら扉の横に付いていたインターホンのボタンを押した。

すると、次の瞬間。

「…………！」

部屋の中からバタバタという足音が響いてきて、勢いよく扉が開き、血走った目をした五〇歳ほどの男性が顔を出した。髪はぼさぼさで、口の周りには無精髭《ぶしょうひげ》が生えている。額には冷却シートが貼り付けてあった。

「え、えーと……あのー、あたしたち、編集部の紹介で……」

「待ってたよ……！　さあ入って！」

二亜が汗を滲ませながら言いかけると、男は目を輝かせて二人を部屋に招き入れた。

狂三と二亜は不思議そうに顔を見合わせながらも、男のあとについて部屋の中へと入っていった。

大小様々なダンボール箱が積まれた廊下を抜け、広い空間に出たところで、男が声を張り上げる。

「みんな！　応援が来たぞ！」

するとその声に応え、そこにいた数名の男女が顔を上げた。

「おお……っ！」

「助かった……！」

「これでなんとか間に合うかも！」

言って、憔悴《しょうすい》しきった顔を僅かながら明るくする。

性別も年齢もバラバラだが、共通しているのは、皆机で作業に勤《いそ》しんでいることと、目の下に分厚い隈《くま》を作っているということだった。

その様子を見て全てを察したのか、二亜がぽりぽりと頬をかく。

「あっちゃー、どうやら修羅場中に来ちゃったみたいだねぇ。しかもヘルプのアシさんと間違われてるっぽい？」

「あら、あら。どういたしましょう」

狂三が小声で尋ねると、二亜はふうと息をついた。

「んー……まあ、さすがにこの状況で作業中断して話聞かせてくれとは言えないかにゃあ……仕方ない。ちっとばかし手を貸して、早く本題に入らせてもらおうかね」

「……本気でして？」

「乗りかかった船だしね。それに――」

「それに？」

「ピンチの現場に人気作家が⁉　あっ、あなたがあの本条先生⁉　みたいな無双シーン、ちょっと主人公みたいで憧れない？」

「……そうですの」

狂三がやれやれとため息をつくと、武田が声をかけてきた。

「早速作業に入ってほしいんだけど、君たち、アシ歴は？　どれくらいの作業ならできる？」

その言葉に、二亜が待ってましたと言わんばかりに腰に手を当てた。

「ふっ、こっちの子は初心者ですが……あたしは一応プロの漫画家でして」

二亜が言うと、アシスタントたちが興味深げに視線を寄越してきた。

「えっ、プロ？　まさか連載経験者？」

「いや、さすがに読み切りが載ったくらいだろ……？」

「あの、差し支えなければペンネーム教えてもらえます……？」

アシスタントの一人が尋ねてくる。

二亜はふっと微笑《ほほえ》むと、胸を張りながら高らかに宣言した。

「初めまして。――本条蒼二《そうじ》です」

『………』

だが、アシスタントたちの反応は冷ややかなものだった。

「またまたぁ」

「そういう冗談いいから」

「本当ならペンネーム変えた方がいいですよ。有名漫画家さんと被《かぶ》ってるんで……」

「いや本物なんだけど⁉」

二亜が声を裏返らせながら言うと、武田が汗を滲《にじ》ませて苦笑してきた。

「いやいや、さすがに本条先生が、君みたいに若い子なわけないって」

「…………」

二亜は、「んなこと言われても本物なんだけど」と「若いと言われて悪い気はしない」という二つの感情がない交ぜになった表情をしながら、むうと腕組みをした。

「とにかく、君は一通りできると思っていいね？　実はまだ手つかずの背景があるんだけど……いけたりする？」

武田が、原稿用紙を躊躇《ためら》いがちに差し出す。そこにはざっくりとしたアタリと『弾《はじ》け飛ぶビル群』という指示のみが書かれていた。

二亜はそれを見ると、どこか楽しげに目を細めた。

「ほっほー……？　まーたこら面倒くさいトコ残しましたねぇ。

――ま、いいでしょう。漫画家は腕で語ってみせますよ」

二亜は空いている席に腰掛けると、そこにあったシャープペンシルと定規を手に取り、作業を開始した。

目にも留まらぬ速さで、下書きの線が引かれていく。まるで二亜の目には、白い原稿用紙の上に、既に完成図が見えているかのようだった。

「うお……っ⁉」

「なんて速さだ！　しかも上手《うま》い！」

「この若さで熟練の技術を……⁉」

驚愕《きょうがく》の声が周囲から上がる。素早く線を引きながら、二亜が目を潤ませた。

「こ、こんなに褒められたの久々……あたしここに就職しよっかな……」

「何を言っておられますの」

と、半眼で呟《つぶや》いたところで、武田が狂三に話しかけてきた。

「えっと、君にも作業をお願いしたいんだけど、いいかな？」

「……ええ。とはいえ、あまり複雑な作業はできませんわよ？」

「じゃあ、この原稿に消しゴムをかけて、鉛筆の線を消してくれるかな？」

言って、武田が原稿を手渡してくる。

まあ、それくらいならば可能だろう。狂三は原稿を受け取ると、空いていた机に着き、作業を開始した。

「――できましたわ」

「ああ、ありがとう――って、あれ？　もしかしてフキダシの中の文字も消しちゃった？」

数分後、狂三が原稿を手渡すと、武田が目を丸くしながら言ってきた。

「ええ。いけませんでしたか？」

「や、説明しなかったこっちが悪かった。フキダシの中の台詞《せりふ》は、あとで編集さんが写植してくれるから、鉛筆書きのままでいいんだ。最近の若い人は大半がデジタル作画だっていうし、知らなくても無理はないよね」

「あら……これは失礼いたしましたわ。大変申し訳ございません」

狂三が言うと、武田はヒラヒラと手を振ってみせた。

「ああ、大丈夫大丈夫。また書けばいいだけだから。……それより、実は手つかずのページがもう一枚あってね。ちょっとモデルになってくれるかな？」

「モデル、ですの？」

「そうそう。複雑なアングルのシーンは、想像で描くより実物を参考にした方が正確でしよ？　ちょっとポーズを取ってほしいんだ」

「なるほど。一体どのような？」

「うん。まずはこの古式の短銃を二挺《ちょう》持ってもらって……」

「……なぜそのようなものが？」

突然ダンボール箱から古式銃を二挺取り出した武田《たけだ》に、思わず汗を滲ませながら言うと、二亜が不敵に微笑んできた。

「ふっ……漫画家の仕事場にはいろんな資料が溢《あふ》れているものさ」

「……そうですの」

よくわからないが、そういうものらしい。狂三は深く考えないことにして二挺の古式銃（当然モデルガンである）を受け取った。

「じゃあそれを構えてくれるかな。向こうに宿敵がいるイメージで」

「ふむ――」

まあ、乗りかかった船である。狂三は特別サービスとばかりに銃のグリップを握ると、右足を引いて半身に構え、ゆらりと銃口を指定された方向に向けてみせた。――永きに亘《わた》る戦いの中辿《たど》り着いた、無駄のない構え。狂三の時間と経験が結実した最適解である。

だが。狂三の渾身《こんしん》の構えを見た武田は、なんとも微妙そうな顔をした。

「あっ、あー……うん。カッコいいんだけどね。少しカッコつけすぎというか……もうちょっとリアリティがほしいな。まあ銃なんて撃ったことないだろうからわからないかもしれないけど……」

「…………」

武田の言葉に、狂三《くるみ》は無言になった。

それを横目で見ていた二亜《にあ》が、くつくつと肩を揺らしていた。

それから数時間後。

「いや本当に助かったよ。君たちのおかげで……って、え？　君たち、ヘルプで来てくれたアシさんじゃなかったの⁉」

なんとかギリギリで原稿を完成させたのち、狂三と二亜が本題に入ると、武田は驚愕を露《あら》わにした。

「そうですよー。編集さんから電話いってませんでした？」

「そう言われればなんか来てた気もする……ごめん、原稿の催促だと思って心を防御形態にしてたから……」

「あー、あるあるですねー」

「あるあるなんですの？」

二亜の言葉に狂三が半眼を作ると、二亜と武田は光のない目で乾いた笑みを浮かべた。

……週刊連載というのはいろいろと大変そうだった。

「……それで、ええと、ごめん。用件ってなんだっけ？」

「ああ、実はですね――」

二亜が、岩永《いわなが》の死のことは暈《ぼ》かしつつ掻《か》い摘まんで用件を話すと、武田は大仰に首肯してきた。

「岩永先生？　ああ、うん。何回か手伝いに行ったことがあるよ。最近は会ってないけど……」

「やっぱり。それで、そのとき『覇星のシェダル』の今後の展開を聞いたりしました？　もしくはアイディアノートを見せてもらったりとか……」

「いや、そういうのは聞いてないなあ。僕、ネタバレなしで読みたい派だから。原稿手伝ったときも、できるだけ台詞は読まないようにしてたくらいだよ」

「そうですの」

嘘《うそ》は言っていないそうである。狂三が吐息とともに肩を落とすと、武田は訝《いぶか》しげに目を細めた。

「にしても、なんでそんなことを？」

「あー……実はですね。岩永先生がアイディアノートを紛失しちゃったらしくて。今後の展開でどうしても思い出せないとこがあるらしいんです。で、昔誰かに展開を話したことがあるっていうんで、交流のある先生を当たってたんです」

二亜がペラペラと適当な言い訳を述べる。意外と詐欺師の才能もありそうだった。

「ああ……なるほど。そういうことか」

「そうなんですよー。他に岩永先生にそういうこと聞いてそうな漫画家さんっていらっしゃったりしますかね？」

「うーん……もし岩永先生にそんな話を聞いてるとしたら……矢上《やがみ》さんかな？　紹介してあげるから、訪ねてみるといい」

武田はそう言うと、メモ用紙に連絡先を記し、手渡してきた。

◇

「――待ってたわぁぁぁぁっ！　ささ、入ってちょうだい！」

翌日。少女漫画家・矢上うさこの仕事場を訪ねた狂三と二亜は、なんだか既視感のある出迎えを受けた。

違う点を挙げるとすれば、扉の奥から出てきたのが、限界状態の中年男ではなく、少女趣味なドレスを身に纏《まと》った四〇代半ばほどの女性ということだった。

「あの、わたくしたちは」

「本当によく来てくれたわね！　ちょうど手が足りなかったの！　あっ、うちの仕事場では、団結力と気持ちを高めるためにお着替えをすることになってるのよ！　どれがいいかしら！」

「は……？」

言っている意味がわからず狂三がポカンとしていると、矢上は有無を言わさず、クローゼットの中からメイド服をチョイスし、狂三と二亜に押しつけてきた。

半ば怒濤《どとう》に押し流されるように更衣室に突っ込まれた狂三は、腑《ふ》に落ちないものを感じながらも、仕方なく手渡されたメイド服に着替え、更衣室のカーテンを開けた。

同時に二亜も着替えを終えていたらしい。狂三と似たようなフリフリのメイド服を着た二亜が、狂三の姿を見るなり腹を抱えて笑い転げる。

「あはははは！　うっわー、くるみん似合ってるぅー！」

「……二亜さんもよくお似合いで」

「え？　マジ？　あたしもなかなか捨てたもんじゃない感じ？」

皮肉で返したつもりなのだが、二亜にはまったく通じていないようだった。大きなため息を零《こぼ》す。

「あらあらあら！　二人ともなんて可愛《かわい》らしいの！　さあ、じゃあこっちへどうぞ！」

と、そう言って矢上が奥の部屋へと狂三たちを促してくる。

奥の部屋は、予想通り作業スペースとなっていた。綺麗《きれい》に並べられた机に、キラキラフリフリした衣装を纏ったアシスタントたちが着き、作業に勤《いそ》しんでいる。可愛らしい意匠の家具や観葉植物が配置されており、昨日の武田の仕事場とはだいぶ様相が異なっていた。

……まあ、服こそ可愛らしいものの、アシスタントたちの疲弊した様子は、武田の仕事場とさほど変わりなかったけれど。

どうやら、昨日と同じくヘルプのアシスタントだと思われているらしい。原稿が終わらない限り話を聞いてもらうこともできなそうだ。狂三がアイコンタクトで二亜に訴えかけると、二亜も同じことを考えていたらしく、大仰に首肯して矢上に向き直った。

「あー、あたしはとりあえず一通りできます。こっちのくるみんは初心者なんで、軽めの作業をお願いします」

「あらあらそうなの？　じゃあ眼鏡が素敵なあなた、ええと、お名前は――」

「本条蒼二《ほんじょうそうじ》です」

「あはは、冗談がお上手ねぇ。本条先生があなたみたいに若くて可愛らしい女の子なわけがないじゃない」

「…………」

二亜が頬を染めながらもごもごと口を動かす。狂三はジトッとした半眼を作った。

「じゃああなたには背景を、長い髪が綺麗なくるみんさん？　には……ポーズモデルをお願いしようかしら？」

「……了解しましたわ」

結局、漫画の制作能力を持たない狂三にできるのはそれくらいらしい。狂三は小さくため息をつきながらも首肯した。


「今日はありがとうねぇ。おかげでなんとか原稿を完成させることが……って、え？　岩永先生？　ええ、昔はちょくちょく手伝いに行っていたわね。でも、『覇星のシェダル』の先の展開なんて聞いたことがないわ」

数時間後。なんとか仕事を終えた二人が素性を明かし、改めて話を聞くと、矢上は思い出すようにあごを指でなぞりながらそう答えてきた。

　ちなみに二亜が担当したのは、これまた手つかずだった重めの背景作業で、狂三は様々なキャラのポーズを取らされていた。なぜか主人公の少女よりもイケメンキャラのポーズの方が数が多かった。何が琴線に触れたのかわからないが、途中から別のアシスタントも交えて撮影会と化していた。締切前《しめきり》だというのに余裕そうだった。なお一番熱心に写真を撮っていたのは二亜だった。

「そうですかー……あの、他に岩永先生にそういう話を聞いてそうな先生に心当たりってありませんかね……？」

「そうねえ……武田先生以外でってことでしょう？　だとすると——」

　矢上はしばし考えを巡らせたのち、メモ帳に連絡先を記した。

◇

「——よく来てくれたぁぁぁぁっ！　天の助けだぁぁぁぁっ！」

　翌日。狂三と二亜が紹介された漫画家の仕事場を訪ねると、髪を乱雑に束ねた眼鏡の女性が目に涙を滲《にじ》ませながら現れた。

　その反応を見ただけでなんとなく察せられた。恐らくここも締切の直前で、狂三たちはヘルプの臨時アシスタントに間違われているらしい。

もう三度目ともなれば慣れたものである。狂三はやれやれとため息をつきながら廊下を歩いていった。

が。

「…………」

作業スペースに入ったところで、狂三は足を止めた。

理由は単純。並べられた机でアシスタントたちが作業しているのは今までの仕事場と同じだったのだが、机の上や棚など至るところに肌色面積の多いフィギュアや、資料用と思《おぼ》しきジョークグッズが置かれていたのである。

作業中の原稿に目をやると、そこには濃厚な濡《ぬ》れ場が描かれていることがわかる。

そう。ペンネームからなんとなく嫌な予感はしていたが……漫画家・ペロリスト飴野《あめの》は、どうやら成人向け漫画家であるらしかった。

突然の光景に狂三が硬直していると、飴野が眼鏡を光らせながら狂三の身体《からだ》を舐《な》めるように見つめてきた。

「き、君、スタイルいいねえ……もしよかったらポーズモデルとか……」

「……お断りしますわ！」

さすがの狂三《くるみ》も、即座に断った。

「いやマジで助かったわ。お給料には色つけとくから……ん？　岩永先生？　ああ、うん、何回か手伝ったことあるよ。でもアイディアノートとかは知らないなあ……」

脱稿後、改めて本題について尋ねた狂三たちに返されたのは、昨日までの現場と同じような答えだった。

ちなみに二亜《にあ》は今までの現場と同じく複雑な背景の作成を請け負っていたのだが、狂三はポーズモデルを断固拒否したため、代わりに皆の食事を作る、所謂《いわゆる》メシスタントを任じられていた。……なんなら今までの現場で一番感謝された気がした。

「うーん……じゃあ他に、岩永先生から『覇星のシェダル』のストーリー展開を聞いたことがありそうな人って知ってますか？」

「んー、そうだなあ……武田《たけだ》先生でも矢上先生でもないとなると……」

二亜が尋ねると、鮐野は難しげな顔をして唸《うな》ったのち、何かを思い出したように目を見開いた。

「あ、『SILVER BULLET』の本条蒼二先生が、岩永先生と仲いいって聞いたことがあったような……」

「あー、それ以外でお願いします。それあたしなんで」

「え？　またまた……本条先生が君みたいに若くて可愛くてえっちな子なわけないじゃん」

「えぇ～？　そう見えちゃいますぅ～？　困ったなぁ～」

言って、二亜がまんざらでもなさそうに身をくねらせる。なんだか名乗る目的が変わってきている気がした。

「とにかく、その方以外でお願いしますわ」

狂三が言うと、飴野は困ったように頭をかいたのち、手を打ってきた。

「そうだ。あの人がいた」

「誰か心当たりがございまして？」

「うん。もし岩永《いわなが》先生のアイディアノートを見られるとしたら、あの人くらいじゃないかな？　だいぶ前に連載はやめちゃったみたいだけど、岩永先生の原稿はよく手伝ってたみたいだし」

「え？　一体どなたです？」

二亜が問うと、飴野はうなずきながら続けてきた。

「――岩永先生の妹さんだよ。俊子《としこ》さんっていったっけ。昔漫画家やってたんだけど、姉妹だけあって、絵柄も超似てたの」

『…………!?』

飴野の言葉に、狂三と二亜は思わず目を見合わせた。

◇

「――いらっしゃい。そろそろ来る頃だと思っていました」

飴野の仕事場をあとにした狂三と二亜が、すぐさま次の目的地――花村《はなむら》邸へ向かうと、花村俊子は、至極落ち着いた様子で二人を出迎えてきた。

その言葉に、その様に、狂三は眉根を寄せながら目を細めた。

「まるで、わたくしたちが再訪することを知っていたかのようですわね？」

「…………」

俊子はその問いには答えず、ただ静かに微笑《ほほえ》んだ。

「お茶の用意をします。よろしければ上がってください」

そして、二人を促すように家の中を示してくる。

狂三と二亜は一瞬視線を交わすと、俊子の背を追って家の中へと入っていった。

そして応接間に通され、紅茶のカップを差し出されたところで、狂三は俊子の目を見つめながら問うた。

「俊子さん。あなたもかつて、漫画家をされていたそうですわね。そして連載終了後は、お姉様のお手伝いをされていたとか」

「ええ。その通りです」

「――率直にお伺いします。岩永先生の死後『覇星のシェダル』を描いていたのは、あなたですか?」

「はい」

狂三の問いに、俊子は微塵《みじん》の逡巡《しゅんじゅん》もなくそう答えてきた。

あまりのあっけなさに、隣に座っていた二亜が目を丸くする。

「え……っ、そんなあっさり⁉　ならなんで前来たとき教えてくれなかったんですか⁉　うっかり三つも制作現場を救っちゃったじゃないですか!」

「すみません。でも、覚悟を決める時間がほしかったんです」

俊子が深々と頭を下げて言ってくる。素直に謝られては二亜もそれ以上追及できなかったのか、両手を戦慄《わなな》かせながらも気勢を抑えてソファに座り直した。

「…………」

狂三は俊子の真意を探るように眉根を寄せた。

俊子の言っていることも理解できなくはない。だが、それにしても彼女の行動には不可解な点が多かった。細かな反応も見逃すまいと注意深く観察しながら、言葉を続ける。

「……お聞かせ願えますか？　一体なぜこんなことを？」

「金銭の問題についても、理由の一つではあります。ですがもっとも大きかったのは、仮にも漫画家の端くれとして、『覇星のシェダル』という名作が最後まで描かれることなく終わってしまうのが許せないからでした」

「……なるほど」

別におかしな回答ではない。……けれどなぜだろうか。むしろそのそつのなさが引っかかる。たとえるなら、面接の準備を万全に整えてきた就活生と会話しているかのような感覚だった。

「失礼ですが、あなたが岩永先生の死後『覇星のシェダル』を描いていたと証明することはできまして？」

「はい」

俊子はその質問も想定内というようにうなずくと、棚の中から数冊のノートと封筒を持ってきた。

「姉の遺《のこ》したアイディアノートと、まだ編集部に送っていない最新話の完成原稿です」

言いながら、封筒から原稿をテーブルの上に取り出し、「どうぞ」と促してくる。

狂三と二亜は小さく息を呑《の》んだのち、それらを手に取った。

「……確かに、先の展開が事細かに記してありますわね。これがあれば、矛盾なくお話を描き続けることができるかもしれませんわ」

「原稿の方もホンモノだわ。……うわ、マジ？　数話あとこんなことなんの？　ネタバレ食らっちったぜ……」

二亜がオーバーリアクション気味に額を叩《たた》く。俊子が苦笑しながら詫《わ》びた。

まだすっきりしない点は幾つかあるが、この原稿が本物（と言っていいのかどうかはわからないが）であることは間違いないようだ。

ならば、もう一つ確かめねばならないことがある。狂三は核心に踏み込むように身体を前に傾けた。

「では、もう一つ教えてくださいまし。あなたは一体如何《いか》にして、この原稿を描き上げたのですか？　ここにいる二亜さんは、ぐうたらで酒浸りでいい加減な性格ですが――」

「おおっと突然のディス」

「――漫画の腕だけは一級品です」

狂三が言葉を続けると、二亜が照れたように頭をかいたのち、「……ん？　褒めてる？　トータルでマイナスじゃない？」と首を捻《ひね》った。

「この二亜さんをして、岩永先生の絵とまったく同じであると言わしめた原稿を、あなたは一体——どのような魔術工芸品《アーティファクト》で描き上げたのですか？」

「…………」

狂三がその名を口に出すと、俊子は無言になった。

しかしすぐに、口元に薄い笑みを湛《たた》えてくる。

「魔術工芸品《アーティファクト》？　なんですかそれ？　新しい漫画の設定でしょうか」

「惚《とぼ》けないでくださいまし。如何に絵が似ているといっても限度があります。二亜さんの目を欺くほどの贋作《がんさく》を毎週描き上げるなど、魔術工芸品《アーティファクト》を使わねば不可能でしょう」

狂三が追及するように言うと、俊子はふっと肩をすくめた。

「そんなに難しい話じゃありませんよ。——もともと『覇星のシェダル』の半分は、私が描いていたんですから」

「え……？」

俊子の言葉に、二亜が目をまん丸に見開いた。

「五巻くらいからですかね。筆の遅い姉にお願いされて、原稿を手伝うようになったんです。最初はアシスタントくらいのつもりだったんですが、段々と作業量が増えて、メインキャラクターの作画なんかも任されるようになりました。つまり岩永瞬《しゅん》というのは、途中から実質私と姉、二人で一人の漫画家だったんですよ」

「そ、そりゃあ……また……」

二亜が頬に汗を垂らしながらあごに手を当てる。狂三もまた、腕組みしながら険しい表情を作った。

「――それが全てです。もうよろしいでしょうか」

すると、そんな狂三の思考を中断させるように、俊子が声を張ってきた。

「『覇星のシェダル』を途中で終わらせたくなかったとはいえ、編集部に姉の死を伝えていなかったのはこちらの落ち度です。編集部には私から連絡し、謝罪させていただきます。『覇星のシェダル』の今後については、編集部と相談させていただきます」

有無を言わさぬ調子でそう言い、俊子はソファから立ち上がった。

「この度は、ご迷惑をおかけして申し訳ありませんでした」

俊子が深々と頭を下げる。

道理の通った真《ま》っ直《す》ぐな謝罪を前に、狂三と二亜は、大人しく引き下がるほかなかった。

「なーんか……ごめんねぇ、くるみん。変なことに巻き込んじゃってさー」

◇

「いえ……」

花村邸からの帰り道。申し訳なさそうに二亜に言われ、狂三《くるみ》は小さく首を横に振りながら返した。

もとより狂三たちは部外者であるし、俊子を罰せる立場にあるわけでもない。幾つか腑《ふ》に落ちない点こそあるものの、相手に全ての容疑を認められ、その後の対応まで示された以上、できることは何もなかったのである。

「にしても……岩永先生が二人で一人だった、か――……そりゃあわかるはずないわ。だって本人が描いてんだもん。蓋を開けてみたら単純な話だったねぇ。まあ、そうそう不思議なことなんて起こりゃしないかー……」

「そう……ですわね」

考えてみれば、この件に魔術工芸品《アーティファクト》が関わっているというのは狂三とアヤの勝手な想像である。むしろ普通に考えれば、今回示された事実の方が納得できるだろう。

だが、素直に当てが外れたと言い切れない違和感があった。何かがおかしい。何かが引

っかかっている。しかし、それが何かがわからない──

と、狂三が腕組みしながら唸《うな》りを上げた、その瞬間。

「──おやおや、随分と浮かない顔をしているじゃあないか時崎《ときさき》くん。

まるで、事件の真相に納得がいっていないといった様子だ」

前方から、そんな胡散臭《うさんくさ》い声音が響いてきた。

「……！　あなたは──」

狂三は息を詰まらせると、俯《うつむ》きがちになっていた顔を上げた。

そこには、一体いつの間に現れたのか、『胡乱《うろん》』という言葉を擬人化したような人物が立っていた。

丸い黒眼鏡で双眸《そうぼう》を飾った長身の女性である。暗色の和服を纏《まと》い、手には革手袋、足にはブーツを身に着けている。夕陽《ゆうひ》をバックに佇《たたず》むその様は、黄昏《たそがれ》時に現れる街角の怪人として都市伝説に語られそうな風体《ふうてい》だった。

「うお……っ、何くるみん、お知り合い……？」

「……ええ」

戦《おのの》くように身を反らした二亜《にあ》の問いに、狂三は渋い顔を作りながら答えた。

「──永劫寺玲門《えいごうじれもん》さん。以前美九《みく》さんに依頼されたとある事件の折現れた、自称・未来探偵ですわ」

「……ちょっとキャラ盛りすぎでは？」

二亜は半眼で汗を滲《にじ》ませるも、狂三の知り合いであるなら一応挨拶をと思ったのか、足を一歩踏み出し、握手を求めるように手を差し出してみせた。

「えーと、どもども。くるみんのベストフレンド、本条二亜《ほんじょうにあ》ちゃんです」

「ああ、永劫寺玲門だ。お見知りおきを。──ただ申し訳ないが握手は遠慮しておくよ。実は酒浸り眼鏡女性漫画家アレルギーでね」

「何その狙い撃ちみたいなアレルギー⁉」

二亜が声を裏返らせる。玲門がからからと笑った。

相変わらず摑《つか》みどころのない女だ。狂三は目を細めながらそちらに向き直った。

「お会いしたかったですわ、玲門さん。以前の事件のあと、忽然《こつぜん》と姿を消されてしまったものですから」

「あっはっは。そいつは失礼。あのときは的外れな推理をしてしまったのが恥ずかしくてね。いやはや、君が事件を解決してくれて本当に助かったよ──」

「…………」

わざとらしい言葉に、狂三は無言になった。……確かにあのとき玲門は真犯人とは違う人物に容疑を向けていたが、それらは全て真相を知った上での行動のように思われたのである。

しかし、今はそれよりも優先して確かめねばならないことがあった。視線を鋭くしながら、言葉を続ける。

「それで、今日は一体なんのご用でして？　もしや、わたくしに教えてくださいますの？――あなたが魔術工芸品《アーティファクト》の存在を知っていた理由を」

「以前も言ったが、別にそれは君たちの専売特許というわけではないだろう？　世界は広い。自分たちだけが特別と思わないことだ」

「……いちいち癪《しゃく》に障《さわ》る言い方をされますわね」

「はは、失敬。性分のようなものだ」

玲門は戯《おど》けるように言うと、小さく礼をしながら続けてきた。

「お詫びというわけではないが、一つ助言をしよう」

「助言……？」

「――君の予感は間違っていないよ。あの原稿は、魔術工芸品《アーティファクト》を以《もっ》て描かれたものだ」

「…………！」

玲門の言葉に、狂三は思わず眉根を寄せた。

「……あなた、一体なぜそれを」

「言ったろう。僕は未来探偵。それを僕に問うのなら、『なぜ』ではなく『いつ』と聞くべきではないかな？」

「……設定が徹底しておられますわね？」

「人前で設定とか言うものではないよ」

しー、と玲門が人差し指を立てながら言ってくる。その仕草自体は滑稽なものではあったのだけれど、彼女の場合、その動作で己の秘密を誤魔化しているような気がしてならなかった。

「なんにせよ、悩んだときは最初に立ち返ってみるものだ。理由はどうあれ、足で稼いだ情報は無駄にはならない」

「最初――」

狂三は小さく呟《つぶや》くと、ハッと肩を揺らした。

「――二亜さん。出版社で見た半年前の生原稿を覚えていまして？」

「ああ、うん。写真も撮ってあるよ」

「いつの間に」

思わず半眼を作るが、結果的には僥倖《ぎょうこう》である。狂三は二亜に頼んで、撮影データを見せてもらった。

そして、画面に映し出された原稿の写真を拡大すると——

「……まさか、これは」

それに気づき、表情を険しくした。

「何かわかったの、くるみん？」

「……ええ」

狂三は二亜の問いに短く答えると、視線を画面から外した。

「一応お礼を言っておきますわ。ですが、なぜこんなことまで——」

と。狂三はそこで言葉を止めた。

理由は単純。つい先ほどまで目の前にいた胡乱な女が、影も形もなくなっていたのである。

「わっ、消えた⁉　さっきまでそこにいたのに！」

「…………」

胡散臭い挙動と言葉を弄し、狂三が確信に至ったところで姿を消す——美九に依頼された事件のときと同じだ。狂三はぎりと奥歯を噛《か》み締めた。

恐らく、辺りを捜し回ったところで見つかりはするまい。狂三は思考を切り替えるように頭を振ると、二亜に向き直った。

「戻りましょう、二亜さん。まだ事件は終わっていません」

「えっ!? ってことは……」

「ええ。――推理の時は刻まれましたわ」

狂三が言うと、二亜は何やら感激したような顔を作った。

「わっ! 探偵ってホントにそういう決め台詞《ぜりふ》言うんだ! すげー!」

「…………、行きますわよ」

なんだか妙に気恥ずかしくなって、狂三は足早に元来た道を戻っていった。

数分後。狂三と二亜が花村《はなむら》邸を再訪すると、俊子《としこ》は少し驚いた顔をしながらも二人を迎え入れた。

「どうされました? まだ何か?」

俊子が、どこか不安げに問うてくる。

狂三は細く息をつくと、まるで独白するかのように滔々《とうとう》と話し始めた。

「——不可解ではあったのですわ。我々が最初にここを尋ねたとき、なぜあなたは犯人を知らないふりをしたのか。それなのに、いずれ自分に辿《たど》り着くことがわかっていながら、なぜ岩永《いわなが》先生の旧知の漫画家さんを紹介してくれたのか」

「それは……だから、言ったじゃないですか。私自身罪悪感はありましたけど、突然の来訪に驚いてしまって、覚悟が決まらなかったんです」

俊子が先ほど述べたのと同じ理由を繰り返してくる。狂三はゆっくりと首肯した。

「ええ——きっとそれは嘘《うそ》ではないのでしょう。ですが、全てを詳《つまび》らかにしているわけでもない。そうですわね？」

「…………」

「えっ、どゆことくるみん？」

二亜が不思議そうに首を捻《ひね》る。狂三はそちらを一瞥《いちべつ》してから続けた。

「俊子さんは時間稼ぎがしたかったのです。我々が漫画家さんのもとを巡っている間に、しなければならないことがあったのです」

「しなければならないこと……？」

「この事件を一体どう収めるか。その方針の相談ですわ」

「方針の……相談？　それって――」

「ええ」

狂三《くるみ》はうなずきとともに続けた。

「――岩永先生の死後原稿を描いていた、もう一人の幽霊作家《ゴーストライター》と、ですわ」

「…………！」

狂三が宣言するように言うと、俊子がビクッと肩を震わせた。

二亜が、驚愕《きょうがく》に目を見開きながら狂三の方を向いてくる。

「もう一人の……!?　あの原稿を描いていたのは妹さんだけじゃなかったってこと!?」

「ええ。恐らく半年前、岩永先生の死後、続きの原稿を描き始めたのは、そのもう一人の幽霊作家《ゴーストライター》なのではないかと思います」

「えっ、なんでそんなのわかるの？」

「半年前の原稿の写真を、もう一度見せてくださいまし。そこに、明らかにおかしな点が一つ、あったのですわ」

狂三が言うと、二亜は先ほどと同じように、スマートフォンに原稿の写真を表示させた。

「おかしな点……おかしな点……、――あ、もしかして……」

写真を拡大しながら眺めていた二亜が、何かに気づいたように声を上げる。

「そう。フキダシの中の台詞が、ペンでしたためてあるのですわ」

狂三は、大仰に首肯しながら続けた。

「わたくしも、漫画家さんたちの仕事現場を拝見するまでは存じませんでしたが、アナログ原稿を描く際は、フキダシの中の台詞は鉛筆で書くのが一般的らしいですわね」

「うん……そうだね。うっわ、堂々としすぎててわざとやってるのかと思ってた。……でも、なんでこんなことを？」

「単純に、その原稿を描いた方は、そのルールを知らなかったのではないでしょうか。最近の若い漫画家さんはデジタル作画をする方が大半だと仰《おっしゃ》いますし、昔のルールを知らなくても無理はありません。

――ですが、昔からアナログ原稿を描かれていた俊子さんが、それを知らないなどということはありませんわよね？　事実、先ほどここで見せていただいた最新の原稿の台詞は、鉛筆で書かれていました。そこで気づいたのですわ。今でこそ共犯関係にあるものの、最初に死後の連載を始めたのは、俊子さん以外の方なのではないかと」

「…………」

俊子が視線を逸《そ》らす。先ほどまでの落ち着いた様子が嘘のようだった。

「でもさくるみん、もう一人犯人がいるとして、それって一体誰なの？」

「仮に、他者の絵柄を真似《まね》ることができる魔術工芸品《アーティファクト》があったとしても、連載を破綻なく続けるためには、先ほど見せていただいたアイディアノートの存在が必須ですわ。岩永先生が持っていたあのノートを閲覧することができて、尚且《なおか》つ、アナログ原稿のルールに疎《うと》い世代の方――それに該当する方は、一人しかいらっしゃいません」

「それは……？」

二亜《にあ》が首を傾《かし》げる。狂三は俊子の顔を見据えながら続けた。

「母子家庭――と仰いましたわね、俊子さん。よろしければ、娘さんを紹介していただけませんでしょうか？」

「あの子は関係ありません……！」

狂三が言うと、俊子は沈黙を破り、上擦った声を上げた。

「私が犯人だと言っているじゃないですか！　台詞《せりふ》がペンで書かれていたからなんです！　ちょっと間違えただけでしょう！　それを――」

が、凄《すさ》まじい剣幕で捲《まく》し立てるように放たれた俊子の言葉は、そこで途絶えた。

理由は単純なものである。その声に呼応するように応接間の扉が開き、一人の少女が姿を現したのである。

年の頃は一六、七といったところだろうか。パーカーを身に着けた細身の少女である。

まるで泣き腫らしたかのように瞼《まぶた》が赤くなっていた。

「……もういいよ、ママ。どうせもう、全部終わりなんだから」

「鈴葉《すずは》──」

俊子は娘の名を呼ぶと、諦めたかのようにがくりと肩を落とした。

「鈴葉さん──でよろしいでしょうか？　初めまして。時崎《ときさき》狂三と申します。少しお話をお伺いしても？」

「……はい。私の部屋へどうぞ」

鈴葉が促すように言ってくる。狂三と二亜は、項垂《うなだ》れた俊子を応接間に残し、家の二階へと上がっていった。


二階の最奥《さいおう》に位置する鈴葉の部屋には、インクの匂いが充満していた。

手前側にはベッドと、漫画や資料集の満載された本棚が、部屋の奥には大きめの作業机とワークチェアが置かれている。ベッドの上には可愛《かわい》らしいぬいぐるみなども配置されていたが、どちらかというと目に付くのは、作業机に刻まれた、インクの跡やカッターナイフの傷といった仕事の履歴だった。

「なるほど。……ここで、『覇星のシェダル』を描かれていたのですね？」

「……はい。これを使って」

言って、鈴葉が机の上に置かれていた一本のペンを差し出してくる。――ペン軸に細かな紋様が刻まれた、見るも不可思議なペンを。

「これは……」

「――『小悪魔《サライ》のペン』。対象の血を混ぜたインクを使用することによって、筆跡や絵柄を模倣することができるペンです。ある日、どこかからうちに送られてきました」

「……なるほど」

間違いない。アヤの家から散逸した魔術工芸品《アーティファクト》だ。狂三はペン軸の紋様を指でなぞりながら顔を上げた。

「『覇星のシェダル』を描いた理由をお聞きしても？」

「……母が語った理由で、だいたい合っていますよ。私は、『覇星のシェダル』の大ファンでした。あの漫画が途中で終わってしまうことがどうしても許容できなかった。それに――」

「それに？」

「……お願いされたんです。死の際に、伯母《おば》に。『覇星のシェダル』を完結させてくれって」

「………」

鈴葉の言葉に、狂三は無言になった。

如何《いか》に好きな漫画であったとしても、今回の件はやりすぎだと思っていたが――なるほど、それはある種の呪いに近い言葉だった。

そして図らずも、鈴葉の手には他者の絵を真似る魔術工芸品《アーティファクト》があった。その奇妙な偶然が、今回の事件を引き起こしてしまったのだろう。

「それで、このペンを使って『覇星のシェダル』の続きを描き始めたんです。……まあ、もちろん、母にはすぐにバレてしまいましたけど」

「その後は、お二人で原稿を？」

「……はい。母も、伯母の漫画を未完のまま終わらせるのは忍びなかったらしくて。最初は驚いていたけど協力してくれました。絵は私が描いて、他の仕上げは全部母がやってくれていました。半分描いていた――ってのはペンの存在を誤魔化すための方便ですけど、生前母が伯母の原稿を手伝っていたのは本当なので」

鈴葉が、暗く沈んだ声で語る。

おおよそ狂三の予想通りである。ただ、もう一つ気になることがあった。首を傾げながら問う。

「先ほど仰った、もう、全部終わり——というのは？」

「……そのままの意味です。もう、連載を続けることはできないんです」

言って、鈴葉がじわりと目尻に涙を滲《にじ》ませる。それを見てか、二亜が眉根を寄せた。

「どゆこと？　確かに岩永先生の死を隠して勝手に連載続けてたのは褒められたことじゃないけど、ちゃんと筋を通せば正式に引き継げる可能性だってあるっしょ？　雑誌的にも、作者と変わらないクオリティで続きを描いてくれる作家なんてありがたいに決まってるわけだし、親族ならなおさら……」

二亜が言うも、鈴葉はふるふると首を横に振った。

「……駄目なんです。もう、描くことができないんです。

——インクが、尽きてしまったから」

「————」

その言葉に、狂三は息を呑《の》んだ。

確かに鈴葉は言っていた。『小悪魔《サライ》のペン』は、対象の血を混ぜたインクを使用することによって、絵柄や筆跡を真似る魔術工芸品《アーティファクト》。どうやったのかまではわからないが、鈴葉は伯母の血を入手し、インクに混ぜ込んでいたのだろう。

しかし、週刊連載で使用するインクの量は膨大である。そして、遺体が火葬されてしまった以上、血を補充することはできない。

それは即《すなわ》ち、漫画家・岩永瞬《いわながしゅん》の二度目の死に他ならなかったのである。

「……母がお二人に見せたのが、最後の原稿です。私は結局、『覇星のシェダル』を完結させることはできなかった……」

嗚咽《おえつ》するように声を漏らし、鈴葉がぽろぽろと涙を零《こぼ》す。

その無念はいかばかりか。なんだかいたたまれなくなって、狂三は口を噤《つぐ》むほかなかった。

と、二亜も同じように、かける言葉が見つからないといった顔をしていたのだが、やがて何かを見つけたように、作業机の上に目をやった。

「……って、そこにある原稿は？　あたしたちが見せてもらったやつの続きじゃないの？」

「……それは、インクが尽きたあと、私が普通のペンで描いたものです。伯母の絵とは比べるべくもない駄作。完全な偽物《にせもの》です」

「……ふぅん？」

二亜は興味深げに息をつくと、原稿を手に取り、パラパラと捲《めく》り始めた。

「…………」

そして、しばしの間、二亜が無言になる。狂三《くるみ》は不思議そうに首を傾げた。

「どうしましたの、二亜さん」

「ん……」

それに応えるように、二亜が原稿を差し出してくる。狂三は不思議に思いながらもそれを受け取り、紙面に目を落とした。

「えっ──」

そして、すぐに言葉を失う。

確かに、寸分違《たが》わず岩永瞬の絵を再現していた今までのそれとは画風が微妙に異なる。似せてはいるものの、別の作者が描いているということは一目瞭然だ。

けれど、そういった雑事を差し引いても──

狂三が唖然《あぜん》としていると、二亜が鈴葉に向き直った。

「──確かに、岩永先生の絵とは違うね。まあ、別人が描いてるんだから当然だけど」

「……はい。わかってます。伯母のものとは比べるべくも──」

「でも、決して偽物なんかじゃない」

「え……？」

二亜《にあ》の言葉に、鈴葉が目を丸くする。

「確認だけど、岩永先生は、すずはんがそのペンを持ってたことを知ってて、『覇星のシエダル』を完結させてくれって頼んだわけじゃないよね？」

「……はい」

「だよね。ならむしろ、岩永先生の求めてた『続き』って、そんなチートアイテム使わなきゃ描けないものじゃなく——自分の魂を理解して、受け継いでくれる作家の手によるものなんじゃないの？」

「……っ、それ、は——」

鈴葉が言葉を詰まらせる。二亜は、その目を見据えながら続けた。

「——少なくともあたしが見る限り、この原稿は、しっかり岩永先生の魂を継いでると思うけどね」

「————」

二亜の言葉に、鈴葉がしばし呆然《ぼうぜん》としたのち——泣き崩れる。

もはや、自分の出る幕はなさそうである。狂三はそんな光景を見つめながら、細く息をついた。

◇

「てれててんてんてんてんてん、てれててんてんてんてんてんててん――♪」

「……普通に入ってきてくださいまし、二亜さん」

事件解決から数日。時崎探偵社の扉から漏れ聞こえてきた謎のメロディに、狂三は渋い顔を作りながら答えた。

すると扉が大きく開かれ、予想通りの顔が入り込んでくる。

「ふっ、よくぞ見抜いた。K少年のドラマ版BGMが理解《わか》るとは、もしやくるみん同年代だな?」

「そんな登場の仕方をするのは二亜さんくらいですわ」

狂三が半眼になりながら席を立ち、応接スペースのソファに歩いていくと、それに合わせるように二亜が向かいに座り、部屋の奥にいたアヤがお茶の用意をし始めた。

「いらっしゃいませ、本条《ほんじょう》さん。お砂糖は二つでしたよね?」

「おっ、さすがアーやん。でも本条さんは他人行儀だぞぉ。二亜さんか二亜ちゃんか二亜お姉様でよろしくぅ」

「お菓子もどうぞ、二亜お姉様」

「よりによってなぜそれを？」

自然な調子で菓子盆を差し出したアヤに、ふうとため息をつく。名家の子女らしく基本は真面目で礼儀正しいのだが、時折こういった諧謔《かいぎゃく》を真顔で放ってくることがあるのだった。

「まあ、いいですわ。それよりも、岩永先生の件――ですわよね？　わたくしもその後どうなったのか気になっていたところですわ」

そう。魔術工芸品《アーティファクト》『小悪魔のペン《サライ》』に関しては、事情を説明して狂三が回収していたものの、鈴《すず》葉《は》や俊子《としこ》、そして『覇星のシェダル』の連載がどうなるかなどについては、狂三も知らなかったのである。

「ああ、うん。当然だけど、岩永先生の逝去は、『小悪魔のペン《サライ》』を使って描かれた最後の原稿の掲載と一緒に、誌面で発表されることになったよ。もう血の混じったインクがない以上、まったく同じ絵も描けないわけだしね」

「……仕方ありませんわね」

「そうしょぼくれた顔しなさんなって。――編集部にすずはんの原稿見せて、『覇星のシェダル』の続きを描いてもいいって、正式に許可を取ってきたよ。もちろん、あたしのとこで鍛え直してからって条件付きだけどね」

言って、二亜がドンと胸を叩《たた》く。

——やはりか。鈴葉の原稿を見たときから、その結末はなんとなく思い浮かんでいた。

狂三はふうと吐息した。

「二亜さん、わたくし、漫画のことはあまり詳しくないのですけれど、あの鈴葉さんの原稿——」

「——うん。こういう表現はあんま好きじゃないけど、天才だ」

狂三の言葉に、二亜はこくりとうなずきながら言った。

「まだ粗いけど、十分通用するよ。あの歳《とし》であそこまで描ける子はそうそういない。将来的には、岩永先生を超えるかもしれない。例のペンを使い続けてたらわからないことだったね」

「……それは、それは」

奇妙な感慨が肺腑《はいふ》を満たす。狂三は小さく肩をすくめた。

「皮肉なものですわね。人知を超えた力を有する魔術工芸品《アーティファクト》を使用していたときよりも、人間の手の方がいい結果を出してしまうだなんて」

「はっは、あくまであのペンの力は模倣なんでしょ？　そりゃあ、それを使ってる限り、先人は超えられないよねぇ……」

言いながら、二亜が遠い目をする。もしかしたら彼女もクリエイターの一人として、何か思うところがあるのかもしれなかった。

と、そこで二亜が、何かを思い出したように眉を揺らす。

「そういえば、なんて言ったっけ。調査の途中で会ったあの胡散臭《うさんくさ》い――」

「玲門《れもん》さん、でして？」

「そうそう、それ。あのキャラ盛りすぎウーマン。あれって結局何者だったの？　出てくるタイミングといい、助言の仕方といい、都合のいいお助けキャラすぎるでしょ」

「……わたくしが聞きたいですわ」

二亜の問いに、狂三はやれやれと肩をすくめた。そう。結局玲門の正体については、今回もわからずじまいだったのである。

「なーんか怪しいねえ。味方の顔した黒幕とみた。魔術工芸品《アーティファクト》が集まってきたとこで本性現すよ多分」

「…………」

なんだか、冗談には聞こえない。狂三はたらりと頬に汗を垂らした。

すると二亜が、話題を変えるようにテーブルにもたれかかってくる。

「――ところでさぁ、くるみぃん」

「なんですの、その気味の悪い声は」

狂三が渋い顔をしながら身を反らすと、二亜は猫なで声のまま続けてきた。

「『小悪魔《サライ》のペン』……だっけ？　あれってさぁ、自分自身の血でも有効なのかにゃあ？」

「どういうことでして？」

「たとえばだけど、寝不足とか二日酔いで線が荒れちゃうときとか、あのペン使えば素面《しらふ》の状態の絵が描けるんじゃないかなー、なんて」

「……貸しませんわよ？」

「えー、そんなぁ！　いーじゃんかよーちょっとくらいー！」

狂三がきっぱりと断ると、二亜はぶー、と唇を尖《とが》らせながらバタバタとソファの座面を叩いた。

「今し方ご自分で仰《おっしゃ》ったではありませんの。あれを使っている限り、先人は超えられないと。二亜さんも昨日の自分を超えてくださいまし」

「ぐ……っ、自分に置き論破されるとは……！　ぐうの音も出ねえ……！」

二亜が悔しげに拳を震わせる。

狂三は苦笑しながら、紅茶を一口飲んだ。

The artifact crime files
kurumi tokisaki

Case File
III

探偵助手たるもの、
もっと観察眼を磨いてくださいまし

狂三ゴースト

「――皆さん、おはようございます。本日より教育実習生として皆さんとお勉強させていただきます、時崎《ときさき》狂三ですわ。短い間ですけれど、どうぞよろしくお願いいたします」

朝。都立来禅《らいぜん》高校一年二組の教室で。

狂三は簡潔に挨拶を済ませると、恭《うやうや》しく礼をしてみせた。

その身を飾るのは、こざっぱりとした黒のスーツ。可憐《かれん》な面にはうっすらと化粧が施され、長い黒髪は花の紋様があしらわれた髪留めでハーフアップに纏《まと》められている。年の頃は教室に居並ぶ生徒たちとさほど変わらないように見えたものの、その装《よそお》いのためか立ち居振る舞いのためか、どこか大人びた雰囲気が漂っていた。狂三が教室を見渡しながら小さな笑みを零《こぼ》すと、数名の生徒がほんのりと頰を赤らめて視線を逸《そ》らした。

そんな様子を見てか、狂三の隣に立っていた小柄な女性教諭が、感極まったように目を潤ませる。

「うう、あの時崎さんが教育実習生として母校に戻ってくるなんて。なんだか感動です」

言って、かけていた眼鏡の位置をずらしながら滲《にじ》んだ涙を拭う。

このクラスの担任、神無月珠恵《かんなづきたまえ》教諭だ。かつて狂三がこの高校に通っていたときの担任でもある。結婚して苗字《みょうじ》は変わったものの、涙もろい気性はそのままのようだった。

そんな珠恵の言葉を聞いてか、前の席に座っていた生徒が驚いたように目を丸くする。

「えっ、時崎先生ってここの生徒だったんですか？」

「ええ、そうですよ。二年からの転入生で、身体《からだ》が弱いので休みがちではありましたけど、無事に卒業して、今は彩戸《さいと》大学に——って……」

と、そこまで言いかけたところで、珠恵が何かを思い出したように首を捻《ひね》った。

「あれ……？　時崎さんって教育学部でしたっけ？」

「…………」

不思議そうな珠恵の言葉に、狂三《くるみ》はぴくりと眉を揺らした。

「それに、今年卒業したばかりですし、まだ大学一年生ですよね？　教育実習って普通四年になってからじゃ……」

「んっん！」

珠恵の声を遮るように、狂三はわざとらしく咳払《せきばら》いをした。

「神無月先生。所定の手続きを踏み大学に認められれば、学部を変更することは可能ですのよ。それに——飛び級という制度はご存じでして？」

狂三が言うと、珠恵は目を丸くしながらポンと手を打った。

「なるほど、そうだったんですね！　さすが時崎さん、優秀です」

「…………」

どうやら誤魔化せたようだ。我がことのようにニコニコしながらうなずく珠恵を見ながら、狂三はほうと胸を撫《な》で下ろした。

「……で。一体これはなんですの？」

その日の放課後。来禅高校の生徒会室を訪れた狂三は、不満げに息を吐きながら自分の装いを見下ろした。――その、初々《ういうい》しい教育実習生然としたスーツを。

しかし、狂三の苛立《いらだ》たしげな言葉に、部屋に居並んだ生徒会役員たちは、キョトンとした表情で顔を見合わせるばかりだった。

「……なんなのって言われても」

「スーツ……よね？」

「むん。他に言いようがないのじゃ」

「……あっ！　よくお似合いですよ？」

陰鬱そうな顔をした少女、髪を白と黒のリボンで括《くく》った勝ち気そうな少女、古風な雰囲気の少女、優しげな容貌の少女が順に返してくる。

右から、生徒会長の鏡野七罪《きょうのなつみ》、会計の五河琴里《いつかことり》、広報の星宮六喰《ほしみやむくろ》、書記の氷芽川四糸乃《ひめかわよしの》である。狂三は頭をかきながら「そういうことではなく」と続けた。

「確かに『調査』に協力するとは申しましたけれど、教育実習生として潜入するとは聞いておりませんわよ」

そう。狂三は何も、趣味や性癖でこんな格好をしているのではなかった。

今から数日前、時崎探偵社に、狂三の旧知であるこの少女たちが現れ、学内で起きたとある事件の調査に協力してほしいと依頼をしてきたのだ。

狂三としては、探偵として学内を調べるだけかと思っていたのだが、突然事務所に、指示書とともにスーツをはじめとする衣装セットが届いたのである。ちなみに一緒に用意されていた室内履きのサンダルには、時計の意匠が施されていた。芸の細かいことだ。

が、七罪たちは、狂三の言葉に目を丸くした。

「それは……私たちも知らないけど」

「狂三さんが自分で用意したのかと思っていました」

「は……？」

皆の反応に、狂三は眉根を寄せ——ようやく気づいた。

生徒会役員たちの隣で、小柄な眼鏡の少女が、目をキラッキラと輝かせていることに。

狂三の探偵助手にしてスポンサー・アヤだ。

「……アヤさん。もしやこの手配はあなたが？」

「よくお似合いです、先生。やっぱり潜入調査は探偵の華ですよね」

言って、アヤがワクワクを隠しきれない調子で身体を小刻みに揺らす。

ちなみに今アヤが纏っているのは、琴里たちが着ているのと同じデザインの制服だった。

まあ、さすがにややサイズが大きい感は否《いな》めなかったが。

なお、一年生であることを示す青のラインが入った上履きには、狂三のサンダルとお揃《そろ》いの、時計型の飾りがあしらわれていた。どうやらこだわりらしい。

「……まさか、アヤさんも生徒として潜り込んでいたんですの？」

「いえ、さすがにそれは無理だったので、授業が終わってから来ました……」

アヤがわかりやすく、しゅんと肩を落とす。狂三はなんだか怒る気にもなれず「……そうですの」とため息交じりに返すにとどめた。

「……はあ、もうやってしまったことは仕方ありませんわ。それより、今回の調査に参加する生徒会役員さんはこれで全員でして？」

言いながら、部屋に居並んだ生徒たちを見回す。そこには先ほどの面々の他に、四人の少女の姿があった。

一人は王子様然とした長身の少女、一人は派手な縦ロール髪の少女、一人は眼鏡をかけたお下げの少女、そしてもう一人は、腕組みしながら狂三を胡散臭《うさんくさ》げな目で見つめてくる、泣き黒子《ぼくろ》が特徴的なポニーテールの少女である。

「驚いた。まさか本当に私立探偵の知り合いがいるだなんて」

「さすがは七罪さんね！　生徒会長ともなると人脈が違うわ！」

「や、あまり生徒会長は関係ないと思いますけど」

「ええ。それに探偵といってもピンキリです。正義感に溢《あふ》れた立派な人物もいれば、どこかの誰かさんのように、微塵《みじん》も人間性が信用できない上、初見では名前の読み方もわからねー迷探偵もいやがります」

先ほど受けた紹介によれば、順に、生徒会副会長の城之崎都《きのさきみやこ》、庶務の綾小路花音《あやのこうじかのん》と小槻紀子《おつきのりこ》、用心棒の崇宮真那《たかみやまな》だ。

前三人は初対面であったが、真那だけは琴里たちと同じく旧知の間柄である。……まあ、無駄に辛辣なその言葉が示すように、あまり良好な関係であったとは言いがたいが。

とはいえ、ここで言い返しても無駄に時間を使ってしまうだけである。狂三は余裕を見せつけるように「ふっ」と鼻を鳴らすと（明らかに真那がイラッとした様子を見せたので、狂三の溜飲《りゅういん》も少し下がった）、回答を求めるように琴里の方に視線を向けた。

琴里が、了解を示すように首肯してくる。

「ええ、これで全員よ」

「結構。――では早速、『新・七不思議』とやらの詳細を伺いましょう」

そう。それこそが、狂三がここにやってきた理由だった。

なんでも最近、来禅高校で『新・七不思議』という噂《うわさ》が流れているらしい。

要は、既存の怪談が、時代とともに新たなエピソードに置き換わったもののようだ。

とはいえ、怪談は怪談。単なる噂話であることに変わりはない。普通に考えれば、そんなものを調査しようとするのは、熱心なオカルト研究部か、閑散期の新聞部くらいのものだろう。

しかし実際に夜の学校で『何か』を見たとの報告が相次ぎ、七罪たち生徒会役員としては放置しておけない状況になったらしい。

そこで、旧知の仲である狂三に、調査の協力を依頼してきたのだ。

無論彼女らも、本当に幽霊の類が出たなどとは思っていまい。どちらかといえば、怪異と勘違いされたものを特定し、生徒を安心させるのが目的なのだろう。仮に具体的な原因が見つからなかったとしても、プロの調査が入った、というのは安心感になり得る。

正直狂三としてはあまり気乗りしなかったのだが、魔術工芸品《アーティファクト》が関与している可能性も捨てきれなかったため、こうして母校にやってきていたのである。

「少々お待ちを。ええと――」

狂三の要請に、スマートフォンを操作し始めたのは都だった。画面に表示させたテキストを読み上げてくる。

「『新・七不思議』その一、屋上前の踊り場に生える無数の白い手」

「げぉっほげっほ」

都の発した言葉に、狂三は激しく咳《せ》き込んだ。

「わ、どうしました探偵さん」

「先生、ハンカチをどうぞ」

「……どうも」

狂三はアヤから手渡されたハンカチで口元を覆うと、呼吸を整えるように肩を上下させた。

「大丈夫でしょうか。では続きですが――」

都はそう言うと、再度スマートフォンの画面に視線を落とした。

「その二、影の中に引きずり込まれる女子生徒。

その三、謎の集団昏睡《こんすい》。

その四、怪奇・猫吸い女……」

「……………、ちょっと待ってくださいまし」

狂三は渋い顔をしながら、都を制止するように手のひらを広げた。

理由は単純。それらの怪談の内容に、ものすごく覚えがあったのである。

……というかそれは、狂三がかつて在学中にやらかした事件が元になっているような気がしてならなかったのである。

「なんでしょう。まだ途中ですが」

「……質問なのですが、もしかしてその怪談は、実際に起こった事件をモデルにしていたりするのでしょうか」

「さて。そういうのもあるかもしれませんが……もしや、何か気づかれましたか？」

「……いえ。続けてくださいまし」

狂三が言うと、都は不思議そうに首を捻ってからあとを続けた。

「その五、願いを叶《かな》える鏡。

その六、プールの怪。

その七、校舎裏の幽霊――」

「………」

　幸いというかなんというか、後半三つはあまり覚えがなかった。……が、前四つを鑑《かんが》みるに、それらもなんらかの事件に尾ひれが付いたものであることは想像に難《かた》くない。

「どうかしましたか先生。なんだか元気がなくなりましたけど」

「……そんなことはありませんわよ」

　狂三《くるみ》は気を取り直すように頭を振ると、皆を見渡しながら言葉を続けた。

「全員で七つの怪談を一つずつ回るのは非効率に過ぎますわ。かといって、少人数で調査に当たって万一のことがあってもよくありません。そこで、調査隊を二班に分け、A班は一から四まで、B班は五から七までの調査を行うのはいかがでしょう」

「なるほど。いいんじゃないかしら。じゃあ狂三はA班の班長を……」

「いえわたくしはB班で参りますわ」

　狂三が食い気味に宣言すると、琴里はたじろぐようにたらりと汗を垂らした。

「べ、別にいいけど……何か理由があるの？」

「あえて言うなら、探偵の勘――ですわね」

　狂三は不敵に微笑《ほほえ》みながらそう言った。

　まあ実際のところ、『何か』があるとしたら狂三に心当たりのない後半三つのどれかだろうというだけの理由なのだが、生徒会の面々はとりあえずそれで納得してくれたらしい。

四糸乃や六喰、都に花音などは「おー」と感心したように声を上げていた。

「さて、では早速班分けをして調査を始めましょう」

「……ちょっと待って」

と、狂三の言葉に、七罪が制止をかけてきた。

「どうかいたしまして？」

「……や、放課後とはいえまだ校内にだいぶ人いるし、もうちょっと待ってからじゃないと。生徒たちが『何か』を見たっていうのも夜遅くだし」

「なるほど。ではそれまでしばらく待機ということですわね」

言ってから、狂三は「……ん？」と首を傾《かし》げた。

「……となると本当に、教育実習生に扮《ふん》する意味はなかったのでは？」

「そんなの私たちに言われても……」

七罪が困ったように眉を歪《ゆが》める。

まあ、確かにそのとおりではある。狂三はやれやれと息をつくと、すっくと椅子から立ち上がり、生徒会室の出入り口へと向かっていった。そのあとを追うように、アヤもまたパタパタと歩いてくる。

「おや、探偵さんに助手さん、どちらへ？」

その背に、都が声をかけてくる。狂三はそちらをちらと振り返ると、ヒラヒラと手を振りながら答えた。

「夜まで待機なのでしょう？　少し時間を潰して参りますわ」

狂三はそう言うと、ガラッと扉を開けた。

次の瞬間――

「ひあっ⁉」

突然目の前に人影が現れ、声が裏返ってしまう。後ろからついてきていたアヤが背を支えてくれなかったなら、派手に尻餅をついてしまっていたかもしれない。

扉の前に立っていたのは、四角い眼鏡をかけた男性教諭だった。中肉中背の体軀《たいく》に、白いシャツと黒のパンツという出《い》で立ち。徹底して人の印象に残ることを避けているかのような無個性な見た目である。

どうやらちょうど生徒会室に入ろうとしていたところ、狂三と鉢合わせてしまったらしかった。

「……時崎《ときさき》先生？　すみません、驚かせてしまいましたか」

「い、いえ……それより何か？」

狂三が平静を装《よそお》いながら返すと、男性教諭は生徒会室の中を窺《うかが》うような仕草を見せながら言葉を続けてきた。

「ええ、はい。少々生徒会に用事が。城之崎さんはいますか？」

「——田中《たなか》先生」

男性教諭が言うと、都が小走りになって駆けてきた。

……そういえばそんな名前だった気がする。一応朝紹介は受けたのだが、恥ずかしながら都が呼ぶまで名前を失念してしまっていた。

「どうしました？　こっちに来るなんて珍しいじゃないですか」

「いえ、この前舞台効果に興味があると言っていたので、これを」

言って田中が、手にしていた紙袋の中から大判の本を取り出し、都に手渡す。都が「わあ」と、頬を紅潮させながら切れ長の目を大きく見開いた。

「わざわざ持ってきてくれたんですか？　次の部活のときでよかったのに」

「まあ、そうなんですけど。早い方がいいかと思いまして」

「またまた。私に会いたかったんじゃあないですか？」

「な、何を言ってるんですか。教師をからかうものじゃありませんよ」

などと、会話に花を咲かせ始める。どこか王子様然とした印象の都だったが、田中と話しているその姿は、少し悪戯《いたずら》っぽい年相応の少女といった様子だった。

「…………」

なんだか、長くなりそうである。

邪魔をしても悪いし、話が終わるまで待つ義理もない。狂三は視線でアヤに合図をすると、二人の脇をすり抜けるようにして、生徒会室を出ていった。

◇

人は本能的に、闇を恐れるものである。

生命維持活動の大半を視覚に頼っているがゆえに、それが通じない未知の領域に、途方もない恐怖を覚えてしまう。見えない場所に『何か』が潜んでいるのではないかと警戒してしまう。

それは、日常的に見慣れた光景であっても例外ではない。日の光が失われた学校の廊下は、昼間のそれとはまるで異なる顔を見せていた。喩《たと》えるならば大蛇の口。先の窺い知れない暗い暗い道は、一度足を踏み入れたなら戻れなくなってしまうような錯覚さえ起こさせた。なるほど、怪談の多くが夜を舞台にしたものであるのも道理だ。今このときこの場所であれば、木々のざわめきや窓の軋《きし》みさえも妖《あやかし》のせせら笑いに聞こえてしまうだろう。

とはいえ……

「それにしても少々怖がりすぎではありませんこと、琴里《ことり》さん」

狂三は、小さく息をつきながらそう言った。

すると琴里が、心外といった様子で返してくる。

「何よ急に。失礼なこと言わないでくれる？」

「ならば袖を離してくださいまし。伸びてしまいますわ」

そう。首から上は平然とした様子の琴里だったが、先ほどから狂三の服の袖を万力のような力でぎゅっと握り締めていたのである。

琴里は何かを言い返そうとしたようだったが、さすがに諦めたのか、狂三の袖から手を離した。そしてすぐさま、止まり木を求める小鳥のように、近くにいた七罪《なつみ》の袖をぎゅっと握った。七罪の喉から「うわあ」と嫌そうな声が漏れた。

「さて」

狂三は皺《しわ》になってしまった袖を簡単に整えると、改めて辺りを見回した。

生徒会室で別れてからおよそ七時間。狂三たちは真夜中の来禅《らいぜん》高校東校舎にいた。一応学校に許可は取っているものの、照明の使用は原則避けるよう言われているため、光源は月明かりと懐中電灯のみである。茫洋《ぼうよう》とした闇の中、細々とした懐中電灯の明かりが頼りなげに廊下を照らしている。

ちなみに既に班分けは済ませてあり、今ここにいるのは、狂三、琴里、七罪、都《みやこ》、アヤの五人である。狂三は班員を見渡したあと、指揮を執るように声を上げた。

「では、早速参りましょうか。最初の調査ポイントは――」

と。

狂三はそこで言葉を止めた。否《いな》、他の面々も、水を打ったように静まりかえった。

理由は単純。暗い暗い廊下の先から、コツーン……コツーン……と、足音のようなものが響いてきたからだ。

「な、何……!? なんの音!?」

「A班の誰か……かな？」

琴里が悲鳴じみた声を上げ、都が頬に汗を垂らす。

狂三は訝《いぶか》しげに眉根を寄せた。――足音が単独であることから考えて、A班という線は薄いだろう。もしなんらかの連絡事項があって一人だけこちらに寄越したという可能性もゼロではなかったが、それならばスマートフォンを使うはずだ。

だとするならば、これが、生徒が目撃したという『何か』の足音だというのだろうか？

否、それも考えづらかった。なぜならここはまだ『新・七不思議』の調査ポイントではないのである。……まあ、怪談に節操を求めるのも馬鹿げた話ではあるのだが。

ということは、これは——

狂三がそんな思案を巡らせている間も、謎の足音はこちらにどんどん近づいてきていた。皆の間に狼狽《ろうばい》と緊張が広がり、心拍が速くなっていく。琴里の手には力が込められ、七罪の袖はどんどん伸びていった。

やがて足音の主の姿が、窓から差し込む月明かりによって晒《さら》される。

「——やあ、時崎くん。こんなところで会うとは奇遇だね」

それは、真夜中だというのにサングラスをかけ、暗色の和服を身に纏《まと》った、死ぬほど胡《う》散臭《さんくさ》い女性だった。

「……何をしておられますの、玲門《れもん》さん」

その顔に、狂三は半眼を作った。

女性——自称未来探偵・永劫寺《えいごうじ》玲門が、からからと笑いながら頭をかく。

「いや、少し散歩をね。夜の校舎というのもなかなか風情《ふぜい》があるものだ。これは確かに、化生《けしょう》の一つでも顔を出しそうだね」

「アヤさん、警察を。不法侵入の現行犯ですわ」

「はい、先生」

「ちょ、ちょ、ちょ」

狂三《くるみ》が通報を指示すると、玲門が慌てた様子で止めにかかった。

「いやだな、ちょっとした冗句《じょうく》だよ。時崎くんと僕の仲じゃあないか。僕も調査団に加えてくれないかい？　この未来探偵・永劫寺玲門、しっかり皆のお役に立つよ？」

言って、キラリと笑みを浮かべてくる。そんな様子を見てか、七罪が汗を滲《にじ》ませながら首を傾げてきた。

「……誰？　狂三の友達？」

「知り合い、ですわ」

「おっと、こいつは手厳しい」

狂三が強調するように言うと、玲門は軽薄な調子で肩をすくめてみせた。

狂三はため息交じりに目を細めた。……胡乱《うろん》極まる女性であるが、実のところ狂三は、彼女の登場をまったく予見していなかったというわけでもなかったのである。

理由は単純なもので、狂三がこの依頼を受けるか否か迷っていたときも、玲門はどこからともなく姿を現していたからだ。

そう。実は最初、狂三はこの依頼にあまり乗り気ではなかった。

けれど玲門がふらっと現れ、

（——おや時崎くん。そんな面白そうな依頼を受けないのかい？　ならば代わりに、僕が調査を請け負おうか?)

などと、煽《あお》るように言ってきたのである。

玲門は、目的も正体も杳《よう》として知れない謎の人物であるが、一つ確かなことがある。

それは、決まって魔術工芸品絡《アーティファクトがら》みの事件が起こったときに現れる、ということだった。

もしかしたら今回の事件にも、魔術工芸品《アーティファクト》が関わっているのかもしれない。狂三がそんな疑念を持ったのは、他ならぬ玲門の登場があったからだったのだ。

狂三はしばしの間考えを巡らせると、やれやれと息をついた。

「……もういいですわ。ただし、くれぐれも調査の邪魔にならないようにしてくださいまし」

「え……っ、連れてくの? マジ?」

狂三の言葉に、七罪が怪訝《けげん》そうな顔を作る。狂三はさもあらんとうなずきながら返した。

「確かに怪しいことこの上ありませんが、何かの役には立つでしょう。もし本当に幽霊の類が現れたなら、囮《おとり》にでもなっていただきましょう」

「応とも。任せてくれたまえ」

玲門がドンと胸を叩《たた》きながらうなずく。七罪は汗を滲ませながら頬をかいた。

「……まあ、狂三がそう言うならいいけど……」

「ご理解いただきありがとうございます。――さて、では早く参りましょう。予想外に時間を取ってしまいました。そろそろ〇時になりますわ」

狂三はそう言うと、手にしていた懐中電灯で前方を照らし、歩き始めた。それに付き従うように、他の面々も足を動かし始める。琴里に袖を掴《つか》まれた七罪は少し動きづらそうにしていた。

そして、暗い廊下に足音をこだまさせること数分。狂三たちは、校舎の最奥《さいおう》に位置する階段に辿《たど》り着いた。

三階と四階を隔てる踊り場の壁に、古めかしい意匠の施された大きな姿見《すがたみ》が設置されている。夜闇に突然浮かび上がる己の鏡像は、ただそれだけで怪異に思えないこともなかった。

「これが来禅高校『新・七不思議』の五つ目――」

「はい。『願いを叶《かな》える鏡』ですね。午前〇時ちょうどにこの鏡に向かって願い事をすると、それが叶うと言われているそうです」

事前に伝え聞いていた情報を思い起こすように言ってきたのは、左方を歩くアヤだった。

こくりと首肯しながらそれに返す。

「ふむ……まあ鏡というのは怪談の題材になりやすいものですわね。鏡の中に引きずり込まれたり、自分の未来の姿が映ったりと」

言いながらスマートフォンの画面をちらと見やる。時刻は二三時五七分。もうすぐ当該時刻の午前〇時である。

「まあ、論より証拠ですわ。噂《うわさ》が本当かどうか、実際に試してみましょう」

言いながら鏡の前に足を進めると、それを追うようにしてアヤが狂三の隣に収まった。

が、他の面々はその場から動こうとしない。狂三は不思議そうに首を傾《かし》げた。

「いかがいたしまして？　万が一本当なら儲《もう》けものではありませんこと？」

狂三が問うと、琴里が怪訝そうな顔を作ってきた。

「……願いを叶える代償に魂抜かれたりとかしない……？」

「想像力が逞《たくま》しいですわね……」

肩をすくめながら息をつく。

七罪はそこまで気にしていないようだったが、琴里に片手を押さえられている以上動けそうにない。狂三は一応確認を取るように都に視線を向けた。

「都さんも、よろしいんですの？」

「ああ、はい。遠慮しておきます。……その噂、たぶん嘘《うそ》だと思うので」

「……？　そうですの」

狂三は短く答えると、鏡に向き直った。なお玲門が「おや、僕には聞いてくれないのかい？」と言ってきていたが、もう時間が迫っていたので無視しておいた。

時計の針が〇時を示す。狂三とアヤは、鏡の中の自分を見つめながら手を合わせた。

「可愛《かわい》い猫さんに出会えますように」

「散逸した魔術工芸品《アーティファクト》を全て取り戻せますように……」

そして、小さな声で願いを呟《つぶや》く。

とはいえ、それからしばらく待っても、何も起きる様子はなかった。

「……まあ、こんなところでしょう。別に期待していたわけではありませんけれど」

言いながら、やれやれと肩をすくめる。

別に唱えた願いがすぐに叶うとは限らないけれど、少なくともこの場で何も変化が起こらない以上、生徒たちが見た『何か』とは無関係だろう。狂三は爪先を次の目的地へと向けた。

次いで狂三たちがやってきたのは、東校舎四階にある屋内プールだった。

季節外れではあるものの、水泳部の活動のために水は張られているようだ。窓から差し込む月明かりと、最低限の光源のみで照らされた仄暗《ほのぐら》い水面《みなも》は、幻想的な美しさと恐ろしさとを、奇妙なバランスで同居させていた。

「ここが『新・七不思議』六つ目の場所ですわね」

「はい。とある生徒が深夜の学校に忍び込み、プールで泳いでいたところ、何者かに足を摑まれ、水底に引きずり込まれた——という話だそうです」

アヤがその内容を唱えるように諳《そら》んじる。狂三はたらりと汗を垂らした。

「……そもそも、なぜわざわざ深夜の学校に忍び込んで泳ぎますの？」

「青春……じゃないですかね」

都《みやこ》があごに手を当てながら答えてくる。狂三は渋い顔をしながら「……そうですの」と返した。

「まあ、とにかく検証してみましょう」

狂三が言うと、皆はこくりとうなずいた。

ちなみに、皆検証のため既に水着に着替えを済ませているのだが、琴里《ことり》たちがスタイリッシュなデザインの競泳水着であるのに対し、狂三とアヤのそれは、なんともクラシカルな紺のスクール水着だった。……当然、用意したのはアヤだ。まあ、誰に見られるわけでもないので、水に入るための機能さえ満たしているのなら構わないが。

「さて、では実際に泳いでみるといたしましょう。準備はよろしいですか？」

第一レーンの前で狂三が言うと、水着に着替えた面々が、第二から第五レーンにずらりと並んだ。ちなみに最奥の第五レーンの前に立った琴里は、表情は凜々《りり》しいものの顔色が明らかにおかしかった。

「……琴里さん。無理はなさらないでいいですわよ？」

「見くびらないでちょうだい。みんなが頑張ってるのに、私だけボーッと休んでるわけにはいかないでしょ」

琴里が言うと、みんなが頑張っているのに一人だけボーッと休んでいる玲門が、プールサイドからパチパチと拍手してきた。

「素晴らしい。彼女の気高い精神に喝采を」

「……玲門さんも手伝ってくれていいんですのよ？」

「いやあ、そうしたいのはやまやまだが、水着の備えがなくてね」

「──アヤさん」

「はい。予備のものでよければご用意が」

「あたたたっ！　持病の癪《しゃく》が！」

狂三の声に応えてアヤが言うと、玲門が急に脇腹を押さえて呻《うめ》きだした。なんとも調子のいい持病である。

まあ、別に最初から期待はしていない。狂三はため息をつくと、プールに向き直った。

「……では、参りますわよ」

そしてそう言ってスタート台の上に上がり、身体《からだ》を前屈させてから水面に飛び込む。ぱしゃあっ、という音とともに飛沫《しぶき》が舞った。

温水を使用しているからか、この時間になってもさほど水は冷たくなかった。別に順位を競っているわけでもないので、ゆったりと肩を回して前方へと進んでいく。

一旦水に浸《つ》かってみると、外から水面を眺めていたときに覚えたような不気味さはだいぶ軽減した。むしろ今は、不思議な落ち着きさえ感じる。なるほど、青春云々《うんぬん》はよくわからないが、暗闇の中の水泳というのもなかなかどうして乙なものである。

と、そんなことを考えながらプールを縦断し、対岸に手を触れようとした、その瞬間。

「——あがっ⁉　ごごっ……がぼぼ……っ⁉」

右後方からそんな声と、バシャバシャと水面を叩くような音が聞こえてきて、狂三は思わずその場に足をついた。

「何事でして⁉」

「第五レーンです、先生！」

アヤが指さした方向を見やる。すると第五レーンの半ばで、琴里が盛大な水飛沫を上げながら藻掻《もが》いているのが見て取れた。

そう。まるで——何者かに足を引っ張られているかのように。

「琴里さん！」

狂三《くるみ》は叫びを上げるると、すぐさまプールに潜水し、全速力で以《もっ》てそちらに向かった。

そして狂三と同じく琴里の元に駆けつけた七罪《なつみ》、都とともに、琴里の身体を支える。

「琴里さん、大丈夫でして⁉」

「一体どうしたのよ……！」

「が……っ、あ、足——足を……誰かが摑んで……！」

「足——」

狂三は息を詰まらせると、再びプールに潜って、琴里の足を探り——

「…………」

その足に絡《から》みついているものの正体に気づき、水面に浮上した。

「落ち着いてくださいまし、琴里さん。もう足は引っ張られていないでしょう？」

「え……？　あ……」

狂三の言葉に、琴里は目をぱちくりさせた。

「あ、ありがとう。狂三が助けてくれたの？」

「まあ、はあ。そうなるでしょうか」

「驚いたわ……プールを泳いでたらいきなり何かに足を摑まれて……まさかあの怪談が本当だったなんて……」

琴里が、顔を青ざめさせながら、情感たっぷりに震えた声を発する。

狂三は、なんだか言い出しづらい雰囲気を覚えながらも、琴里の足に絡みついていたものを水面に持ち上げた。

それを見た琴里、七罪、都、そして少し遅れてやってきたアヤが、目を丸くする。

「そ、それは……」

「プールのレーンを隔てる浮き《ブイ》……だね」

そう。狂三が手にしていたのは、暴れる琴里の足に絡みついていた、ロープ状の浮き《ブイ》だったのである。

「金具が老朽化して外れやすくなっていたようですわね。わかってみれば、とんだ枯れ尾花ですわ」

「…………」

ため息交じりの狂三の言葉に、琴里が恥ずかしそうに肩を窄《すぼ》ませた。

プールでの騒動からおよそ三〇分後。

着替えを済ませた狂三たちは、『新・七不思議』最後の一角、『校舎裏の幽霊』の出現ポイントを訪れていた。

その名が示すとおり、東校舎の裏手である。日中でもあまり日の光が当たらないためか、どこかじめっとした空気が漂っていた。

「ここが最後のポイントですわね」

「はい。深夜生徒がここを通りかかったところ、突然思い詰めた表情をした女性の幽霊が現れた——という噂です。その幽霊が発する言葉を聞いてしまうと冥界へ連れて行かれてしまうため、遭遇したら耳を塞がねばならない、と言われています」

「ふむ……まあ、よくある怪談話ですわね」

説明を述べてくるアヤに、あごを撫《な》でながら気のない返事を返す。

実際、狂三はあまり本気にしていなかった。プールの話と同様に、怪談の元になった出来事くらいはあるのかもしれないが、蓋を開けてみればなんてことないオチだった、というのが容易に想像できてしまったのである。大方、夜の学校に忍び込んだ生徒同士が鉢合わせして驚いたとか、そんな話だろう。

「まあ、一応調査はいたしましょう。しばらく調べて何も出てこなかったなら、ただの噂《うわさ》ということで――」

と。狂三はそこで言葉を止めた。

理由は単純。狂三が皆に指示を出そうとしたその瞬間、皆の目の前に、突然なんの前触れもなく、白いシルエットが姿を現したからだ。

「――ッ――」

「な……！」

「うわきゃあああああ――っ⁉」

突然のことに、皆に戦慄が広がる。

とはいえそれも無理からぬことであった。怪談の調査をしているとはいえ、こうもはっきりと幽霊が現れるとは思っていなかったのだろう。狂三も彼女らと同様、しばしの間目を白黒させてしまっていた。

「……！　耳！　耳塞いで！」

が、そこで響いた七罪の声によって、ハッと息を詰まらせる。

そう。つい今し方アヤが語った怪談の内容。――幽霊の発する言葉を聞いてはならない。

取り立てて気にも留めていなかったが、実際に幽霊が現れたなら話は別だった。狂三は皆とともに耳を塞いだ。

すると、その瞬間。

「■■■■■■■■■■――ッ!!」

白いシルエットがぶるぶるとその身を震わせたかと思うと、ボイスチェンジャーを通したようなくぐもった叫びを上げた。

耳を塞いでいても鼓膜を震わせるような大音声《だいおんじょう》。ただ、何を言っているのかはよくわからなかった。

――即座に耳を塞いだお陰で、言葉を聞き取らずに済んだのだろうか。いや、どちらかというと、最初から意味を成さない、ただの叫び声であったような……

「…………」

そこまで考えたところで、狂三は違和感に首を捻《ひね》った。

突然現れたものだから驚いてしまったが、今目の前にいる『それ』は、『新・七不思議』に語られていた幽霊とは、明らかに異なる姿をしていたのである。

本来の噂では、校舎裏に現れるのは女性の幽霊だったはずだ。

だが今目の前にいるのは、絵本に出てくるような、白いヒラヒラした布を被《かぶ》った古典的なビジュアルの幽霊だった。性別など判別しようがない。

というか冷静になってよくよく観察してみるとそれは、ただ頭からシーツを被っただけの人間にしか見えなかった。

「……一体なんの悪ふざけでして？」

狂三は耳を塞いでいた手を外すと、渋面を作りながら息をついた。

それを見てか、他の面々も段々と落ち着きを取り戻していく。

「え、ええと……？」

「それは幽霊……じゃないの？」

琴里《ことり》たちが恐る恐るといった様子で問うてくる。狂三は大仰に肩をすくめた。

「どう見てもただの人ですわ」

言いながら、改めてその白いシルエットを見やる。こちらを驚かせようとしてか、未《いま》だ大きく両手を蠢《うごめ》かせてはいるものの、その外見はどう見てもシーツだった。よくよく見ると、裏表逆に被ってしまっているらしく、裾の端に洗濯用のタグまで見えていた。

「大方、わたくしたちが『新・七不思議』を調査すると知り、驚かそうと潜んでいたのでしょう。趣味の悪いことですわ」

狂三はやれやれとため息をつきながら、未だ迫真の演技を続ける『それ』に近づいていった。

と、微《かす》かな違和感が脳裏を掠《かす》める。裾の端にしたためられたタグに書かれている小さな文字が、見覚えのない形をしていた。一瞬外国語かとも思ったが——違う。日本語が、左右反転して書かれていたのだ。

不可思議な表記ではあるが、布であることに違いはない。狂三はさして気にせず、『それ』に手を伸ばした。

「いつまでやっていますの。どこのどなたでして？　正体を現してくださいまし——」

が、シーツを剝ぎ取ろうとした狂三は、思わず前につんのめってしまった。

シーツの裾を摑《つか》もうとした狂三の手が、白いシルエットをすっとすり抜けてしまったのだ。

「え——？」

予想外の出来事に、目を丸くする。

狂三は数度手を握ったり開いたりすると、再度『それ』に手を伸ばした。

が、結果は同じだった。幾度手を伸ばそうと、触れることができない。『それ』は間違いなくそこにいるはずなのに、手にはなんの感触も生じなかった。

そう。まるで、本物の『幽霊』に触れようとしているかのように。

「こ、これは……一体——」

狂三が試行錯誤を繰り返している間も、『それ』はシーツの中で両手を掲げ、見る者を脅かすように威嚇を続けていた。

それは無駄な努力を続ける狂三を嘲っているようにも見えたし、狂三のことなど端《はな》から眼中にないようにも見えた。

やがて『それ』は、一際《ひときわ》大きく手を動かしたかと思うと——

すっ、と、空気に溶けるように消え去ってしまった。

「な……っ⁉」

狂三は思わず息を詰まらせた。後方にいた皆からも、悲鳴じみた声が聞こえてくる。

『それ』が現れたときは、そこまで前方に注意を払っていなかった。突然出現したようには見えたものの、不意を衝《つ》かれただけだろうと納得することはできた。

だが、今『それ』は、なんの冗談でもなく目の前から一瞬で消え去った。

凄《すさ》まじいスピードで逃げ去ったわけでも、地下や上空に移動したわけでもなく、ただその場から姿を消した。明らかに、異常な事態ではあった。

それを見てか、周囲の皆が慌てだす。

「きぃやぁぁぁぁぁぁぁぁぁぁぁぁ————ッ⁉」

「ほ、本物の……幽霊……⁉」

「先生に報告――いや、警察……⁉」

「……落ち着いてくださいまし。あんな安っぽい幽霊がいてたまるものですか」

狼狽《ろうばい》に満ちた琴里や七罪《なつみ》たちの声に、狂三《くるみ》は眉根を寄せながら返した。

それは確信と言ってもいいものだった。……何しろ『それ』が消え去る直前、シーツの裾から人の足まで覗《のぞ》いていたのである。少なくとも、中に人が入っているのは間違いなかった。

しかし、だとするならばあれはなんなのか。それに対する明確な答えを、今の狂三が持ち合わせていないのは確かだった。

「……とにかく。全てのポイントの調査は終了しました。今日はここで解散といたしましょう。何かわかったら改めてご報告いたしますわ。

――あまり心配しないでくださいまし。偽《にせ》幽霊の正体は、わたくしが暴いてみせますわ」

狂三は胸をポンと叩《たた》くと、不安そうな表情を浮かべる生徒会の面々にそう言った。

◇

「とは言ったものの――」

翌朝。朝日の洗礼によりすっかりおどろおどろしさの失われた校舎裏で、狂三は腕組みをしていた。

あのときは皆の精神状態も考えてあそこで解散を指示したが、未だ狂三はあの見るからに安っぽい『幽霊』の正体に辿《たど》り着けていなかったのである。

「何も痕跡らしきものは見当たりませんね、先生……」

周囲の写真を撮影しながら言ったのはアヤだった。狂三が朝一で現場の調査に向かうと言ったところ、勇んでついてきたのである。

無論狂三はスーツを、アヤは高校の制服を身に纏《まと》っている。まだ朝のホームルームまで時間はあるが、この姿ならば登校してきた生徒たちにも不審がられることはないだろう。無駄と思われたアヤの工作が、意外なところで効果を発揮していたのだった。

アヤの言うとおり、周囲に『幽霊』の痕跡らしきものは見受けられない。辺りに広がっているのは、なんの変哲もない校舎裏の光景のみだった。

「やっぱり、本当にお化けだったんでしょうか……」

「感心しませんわね。仮にもわたくしの助手を名乗るのならば、未知のものを前に足を止めるような真似《まね》はしないでくださいまし」

「……！　はい。すみません。心に刻みます」

狂三の言葉に、アヤはしゃんと背筋を正してそう答えた。ショックを受けている様子はない。むしろ、狂三に探偵としての心構えを教授されて喜んでいるように見えた。

狂三はやれやれと息をつきながら思考を巡らせた。

そう。あれが本物の怪異であるはずがない。

だが、あの『幽霊』が消え去る直前に見えたもの。それが意味することは――

「ほう。悩んではいるものの、何か摑んでいる顔だね」

「……っ、玲門《れもん》さん――」

突然響いた声に、狂三は顔を強《こわ》ばらせた。いつの間にやら狂三の背後に、サングラスをかけた和服の女性が立っていたのである。

「いつの間にいらっしゃいましたの。前から思っていましたけれど、驚かせるのはやめてくださいまし」

「ははは、そんなつもりはないのだけれどね。時崎《ときさき》くんの集中力が並外れているだけではないかな。素晴らしい探偵の素養だ。誇るといい」

玲門の薄っぺらな賛辞に、狂三は不快そうな視線で以《もっ》て返した。相変わらず得体の知れない人物である。胡散臭《うさんくさ》さと神出鬼没度で言えば件《くだん》の『幽霊』といい勝負だった。

「……玲門さんは、何かに気づいておられますの？　あなたが現れるということは、これも魔術工芸品《アーティファクト》の仕業なのでしょう？」

「さあてね。買いかぶりかもしれないよ。――それより聞かせてくれないかな。時崎くんがあれを幽霊でないと断ずる理由を」

「………………」

あからさまに話を逸《そ》らそうとする玲門に肩をすくめる。

が、この気づきと疑問を誰かと共有したいのも確かだった。目を細めながらそれを口にする。

「あの『幽霊』は――わたくしでしたわ」

「ほう？」

「……？　どういうことです？」

玲門が眉を揺らし、アヤが首を傾《かし》げてくる。狂三は補足するように続けた。

「もっと正しく言うのなら、わたくしの要素も含んでいた、と申しましょうか。あれが姿を消す直前、シーツの裾から人の足が覗いたのですわ。――それも、複数」

「足が……複数？」

「ええ。一瞬のことでしたので、見逃しがある可能性は否定できませんけれど、少なくとも三人分の足が、あのシーツの下に確認できました」

「で、でも、そんなにたくさんの人が入っているようには見えませんでしたけど……」

「そうですわね。それも不思議な点ですわ」

狂三は首肯しながらも、話を続けた。

「とにかく。その中に、時計の意匠が施された室内履きのサンダルを履いた足が見受けられたのです。間違いありません。あれはわたくしの足でしたわ」

そう。あれは間違いなく、アヤの用意した狂三のサンダルだった。あんな特徴的な意匠のサンダルを履いた人間が、そう何人もいるとは思えない。

「加えて、その隣に、同じ意匠のついた上履きも見えました。あれは恐らくアヤさんのものでしょう」

「わたしの足も……ですか?」

アヤが目を丸くしながら自分を指さす。狂三は「ええ」とうなずいた。

「残りの足は、学校指定の上履きを履いていましたわ。書かれている名前までは見えませんでしたけど、一年生の色でしたわね。さらに言うなら、踏み台の上に乗っていました」

「踏み台……」

アヤが不思議そうな顔をする。まあ、その気持ちもわからなくはない。実際目にした狂三も、正直意味がわからなかったのだ。

すると玲門が、大仰な身振りで以て首を傾げてくる。

「ふむ、時崎くんとアヤくんの足――か。それはおかしなこともあるものだ。もしや、対面した相手の特徴を取り込む類の怪異かな？　足を奪われないよう注意したまえ」

「ひっ……」

冗談めかした玲門の言葉に、アヤが自分の足の感触を確かめるようにペタペタと触る。

狂三はやれやれと半眼を作った。

「適当なことを言ってアヤさんを怖がらせないでくださいまし。対面した相手、というなら道理が合いませんわ」

「ほう？　その心は？」

「当然ではありませんの。だってわたくしたちはあのとき、今と同じように――」

言いかけたところで、狂三は言葉を止めた。

――そうだ。なぜこんな単純なことに思い至らなかったのか。狂三がシーツの下に見た足は、狂三とアヤのものであって、狂三とアヤのものではなかったのだ。

ならば、『いつ』だ。狂三とアヤは『いつ』、あの足を写し取られた？　二人があのように並んだタイミングはそう多くない。だとすると――

脳裏を、一つの可能性が掠める。狂三は小さく息を詰まらせるとともに、玲門に鋭い視線を向けた。

「……玲門さん、あなた、まさか全てわかっていて今の言葉を？」

「うん？　なんのことだろう。時崎くんの言っていることは難しいな」

玲門がしらばっくれるように視線を逸らしながら言ってくる。

狂三は苛立《いらだ》たしげに眉根を寄せながらも、吐き捨てるように返した。

「――一応、借りということにしておいて差し上げますわ。それより、アヤさん。参りますわよ」

「えっ？　は、はい。どこにですか？」

アヤが困惑したように返してくる。狂三は校舎を指さしながら言った。

「――もちろん、魔術工芸品《アーティファクト》のところに、ですわ」

◇

「……あの、琴里《ことり》」

「何？」

「……や、もうちょっと力緩めてくれない？」

「失礼ね。まるで私が怖がって七罪の袖を引っ張ってるみたいじゃない」

「……あ、うん。ごめん……」

七罪は全てを諦めたように息を零《こぼ》した。実際琴里の言うとおりなのだが、どうやら自覚なくやっているらしい。――グッバイカーディガン。ベストか部屋着としてまた会おう。

まあ、とはいえ琴里が怖がるのも無理はあるまい。何しろ七罪たち生徒会役員たちは今、狂三の要請で、『幽霊』と遭遇した夜の校舎裏に向かっていたのだから。

「ふむん……狂三のやつめ、一体こんな時間に何用なのじゃ？」

「そうですね……しかも指定された場所が、七罪さんたちが『幽霊』を見たっていう校舎裏ですし……」

昨日の調査でA班に属していた六喰《むくろ》と四糸乃《よしの》が言ってくる。その言葉からは微《かす》かな不安が感じ取れたが、二人とも琴里よりは遥《はる》かに落ち着いているように見えた。……いやまあ、二人は昨日実際に『幽霊』を見たわけではないので、そういった理由もあるのだろう。琴里の名誉のため、七罪はそう思っておくことにした。

程なくして、目的の校舎裏へ辿り着く。

そこには既に、狂三と助手のアヤの姿があった。

「――時間ぴったりですわね。よくお越しくださいましたわ」

七罪《なつみ》たちが到着するなり、狂三《くるみ》が静かな口調で話し始める。

「一体どうしたのよ、こんな場所……っていうかこんな時間に呼び出して」

七罪が眉根を寄せながら言うと、狂三は大仰な仕草で以て続けた。

「さて、今日来てもらったのは他でもありません。昨晩現れた『幽霊』の正体を解き明かすためですわ」

「……！　な……」

「『幽霊』の正体がわかったんですか？」

七罪と都《みやこ》が言うも、狂三は反応を示そうとしなかった。

まるで七罪たちの姿が見えていないかのような調子で、ただ淡々と言葉を続ける。

「便宜的に『幽霊』と呼びはしたものの、当然あれは怪異の類などではありません。単に人が白い布を被《かぶ》っただけの、今日日《きょうび》お化け屋敷《やしき》でも出てこないような代物ですわ」

「でも……あの『幽霊』は狂三の手をすり抜けたじゃない。それに、みんなの見てる前で突然消えて――」

「とはいえ、謎は残ります。あの『幽霊』はわたくしの手をすり抜けました。それに、皆さんの見ている前で忽然《こつぜん》と姿を消してみせた。なんとも不可思議なことですわ」

琴里の疑問をそのまま繰り返すように、狂三が言う。妙な違和感に、七罪たちは思わず顔を見合わせた。

しかし狂三は気にする素振りも見せず、明後日《あさって》の方向を見ながら続けた。

「ですが、世の中にはその不可思議な現象を成すものが存在します。それが、所謂《いわゆる》魔術工芸品《アーティファクト》と呼ばれるアイテムですわ」

魔術工芸品《アーティファクト》。聞き慣れないその名に、都や花音《かのん》、紀子《のりこ》が不思議そうな顔を作る。

すると、狂三は「とはいえ」と肩をすくめた。

「言葉で説明されただけでは納得できないこともあるでしょう。今ここで、魔術工芸品《アーティファクト》の実在と関与を証明してみせますわ。——どなたか、わたくしの手に触れてみてくださいまし」

そしてそう言って、片手をすっと前方に伸ばしてくる。

「…………」

七罪は一瞬琴里と目を見合わせたが、無言の圧力を感じ、はあとため息をついてから狂三の方へ歩いていき、そろそろと手を伸ばした。

が——

「……うぇっ⁉」

そこで、思わず素っ頓狂な声を漏らす。

だがそれも当然だ。何しろ七罪の手が、伸ばされていた狂三の手をすり抜けたのだから。

「──ご理解いただけまして？」

「うひゃ!?」

次の瞬間、不意に後方から響いてきた声に、七罪はビクッと肩を震わせた。

そこには、狂三がもう一人立っていたのである。

「く、狂三……!?　まさか分身体……!?」

「違いますわよ。今し方申し上げたではありませんの。魔術工芸品《アーティファクト》の実在と関与を証明してみせる、と」

言いながら狂三が、元からそこにいた狂三の横に立つ。

確かに、これ以上の証明はないだろう。瓜二《うりふた》つの狂三が並び立つその様は、なんとも奇妙な光景だった。

「ちょ、ちょっと待ってちょうだい」

呆然《ぼうぜん》とする皆の中、声を上げたのは琴里だった。

「今回の件にそういう不思議アイテムが関わってるのはわかったけど……一体どこにあったのよ、そんなもの。狂三はそれを見つけたってことでしょう？」

「ええ。皆さんもよくご存じのはずですわ。少なくとも、B班の面々は。何しろ、昨日実際にその前を訪れているのですから」

「え……？」

琴里が困惑するように眉根を寄せる。狂三はふっと微笑《ほほえ》みながら続けた。

「──『新・七不思議』の五つ目。『願いを叶《かな》える鏡』と呼ばれていた階段の踊り場の鏡こそが、魔術工芸品《アーティファクト》だったのですわ。

その名は『ブロッケンの魔鏡』。入力された映像を、任意の時間・場所に再現する、いわば超高性能プロジェクターといったところでしてよ。

要はあの『幽霊』は、ここことは別の時間、別の場所で記録された映像を、音声をも伴う精巧な立体映像として再生していただけの代物なのですわ」

『…………！』

狂三の言葉に、生徒会の面々が目を丸くする。

ブロッケン──恐らく名の基になったのは『ブロッケンの怪物』だろう。山に現れる怪異として知られるが、その正体は、特殊な大気光学現象によって映し出された人間の影であるという。……なるほど、洒落《しゃれ》の利《き》いたネーミングではあった。

と、そこで七罪は気づいた。瓜二つに見えていた二人の狂三に、決定的な違いがあることに。

「ボタンの合わせが……逆――？」

「ご名答。さすがの観察力ですわね」

狂三が、ニッと唇の端を上げてくる。

そう。確かに偽物《にせもの》の狂三は本物と見紛《みまが》うばかりに精巧だったのだが、それが纏《まと》っているスーツとシャツの合わせが、左右逆になっていたのだ。

「超高性能プロジェクターと申しましたけれど、『鏡』である以上、記録される映像は左右逆転した鏡映しになってしまうようですわ。なんともままならないものですわね」

狂三がそう言った瞬間、狂三の鏡像がふっと空気に溶けるように消えた。

その様は、まさに昨日皆の前に現れた『幽霊』そのものだった。

「例の『幽霊』が消える瞬間、わたくしはシーツの裾から、複数名の足が覗《のぞ》くのを目撃しました。そしてそのうちの二組は、わたくしとアヤさんのもの。――しかもそのとき履いていた外履きではなく、室内履きのサンダルと、上履きだったのです」

「それって……」

「ええ。そこで、その『幽霊』の姿が、そのときとは別の時間・場所で記録されたものではないかと考えたのですわ。

わたくしとアヤさんが揃《そろ》って室内履きを履いていたのは、放課後と、『新・七不思議』

を調査していたときのみ。さらに、シーツに付いていたタグが鏡文字になっていたことから、あの『幽霊』は鏡に映し出された鏡像なのではないかと思い至りました。

導き出される場所は一箇所しかありません。午前〇時ちょうどに、鏡に向かって願い事をしたあの瞬間、あの姿が、映像として記録されたのでしょう」

「じ、じゃあ、あのシーツを被った『幽霊』の姿は……？」

「わたくしたち以前に、まったく同じ条件下で、鏡に映像を記録した方がいらっしゃったのでしょう。シーツの下から複数の足が覗いたのは、恐らく、わたくしたちと『幽霊』、二つの鏡像が同じ場所に被って再現されたからではないかと思われます。わたくしたちの顔や身体《からだ》が見えなかったのは、あの『幽霊』の姿に覆い隠されていたからでしょうね」

「…………っ」

狂三が言うと、都が小さく息を詰まらせた。──まるで、何か心当たりがあるかのように。

しかし、皆狂三の話に気を取られているからか、それに気づいたのは七罪だけのようだった。琴里が、汗を滲《にじ》ませながら問う。

「一体誰なのよ、そんな人騒がせな悪戯《いたずら》をしたのは……」

琴里の問いに、狂三は目を伏せながら首肯した。

「すぐにわかりますわ。――もうすぐ、時間ですもの」

「え……?」

と、琴里《ことり》が目を丸くした、次の瞬間。

皆の前に、白いシルエットが姿を現した。

「――ぴゃあ⁉」

琴里が甲高い声を上げてその場から飛び退《の》く。袖を握られっぱなしだった七罪も、それに引っ張られて蹌踉《よろ》めいてしまった。

「落ち着いてくださいまし。先ほど申し上げましたとおり、ただの立体映像ですわよ。その証拠に、昨夜と同じ動きをしていますでしょう?」

「え……? あ……」

狂三に言われ、琴里が目をしばたたかせる。

するとその白いシルエットは、しばらく周囲を威嚇するように手を蠢《うごめ》かせたのち、

「■■■■■■■■■――ッ‼」

と、昨日と同じくぐもった奇声を上げた。

「こ、これって……」

「意図的なのか偶然なのかはわかりませんけれど、毎夜同じ時間、同じ場所に映像が再現

されているようですわね。恐らく、生徒たちが目撃したのも、この『幽霊』だったのでしょう」

さて、と狂三が皆を促すように手招きをする。

「そろそろ『幽霊』が姿を消しますわ。足元をよく見ていてくださいまし。わたくしとアヤさんの足の他に、『幽霊』に扮《ふん》した方の上履きが見えるはずですわ。昨日は突然でしたので見逃してしまいましたが――」

狂三が言った瞬間、『幽霊』が一際《ひときわ》大きな動きをして、シーツの裾が翻《ひるがえ》った。

『…………！』

そこから覗いた上履きを目にした皆が、息を詰まらせる。

とはいえ無理もあるまい。

何しろそこには鏡文字で、『鏡野《きょうの》』の名が記されていたのだから。

「――推理の時は刻まれましたわ」

狂三はそう言うと、七罪の顔を覗き込むようにしながら続けた。

「ご説明いただけますわよね、七罪さん。

いいえ、『幽霊』さんとお呼びした方がよろしいでしょうか？」

「七罪《なつみ》さんが……!?　一体なんで……」

「…………」

花音が驚愕《きょうがく》の声を発し、都《みやこ》がなんと言ったらいいのかわからないといった顔を作る。

七罪は大きく空気を吸い――そして陰鬱そうに吐き出した。

「……やっぱ、あんたなんか呼ぶんじゃなかった」

「……！　七罪――」

七罪の自白とも取れる言葉に、琴里が渋面を作る。

七罪はぞんざいな調子で、服の袖を摑《つか》んでいた琴里の手を振り払った。

「……あーあー、バレちゃった。つまんな」

「このようなことをした理由をお聞きしても？」

狂三《くるみ》が問うと、七罪は細く息を吐いたのち、答えてきた。

「……別に、大層な理由じゃないわよ。結構以前から、夜中に学校に忍び込んで肝試ししたりする生徒が問題になってたから、ちょっと脅かしてやろうと思っただけ。これも生徒会長の務めってやつ？」

「……鏡野くん、それは――」

都が苦しげな顔を作りながら何かを言おうとする。七罪はそれを遮るように視線を鋭くしながら続けた。

「……ま、趣味が入ってないって言ったら嘘《うそ》になるけど？　夜の学校で青春してる陽キャ共が吠《ほ》え面かくのは痛快だったし。……忘れてた？　私、結構悪戯好きなのよ」

肩をすくめながら言う七罪に、狂三は「ふむ」と息をついた。

「魔術工芸品《アーティファクト》のことをどこで？　あの鏡は七罪さんのものですの？」

「……まさか。何ヶ月か前、学校に寄贈されたものみたい。魔術工芸品《アーティファクト》なんて名前さえ知らなかったわ。使い方を知ったのもまったくの偶然」

「なるほど……」

狂三があごを撫《な》でながら言うと、七罪がくしゃくしゃと頭をかいたのち、言葉を発してきた。

「……それより聞きたいんだけど。狂三、さっき『幽霊』とは別の時間に、自分の姿を投映してたわよね。鏡の操作方法を知ってるってこと？」

「ええ、まあ。もともとあれはアヤさんのお家《うち》に所蔵されていた魔術工芸品《アーティファクト》ですので。残されていた目録に、操作方法が記されていましたの。まあ、大半は焼失してしまっているので、全てというわけではありませんけれど」

「ふうん……じゃあ、記録した映像の消し方は？」

「あら、不思議なことを聞かれますわね。消したいんですの？」

「……正直、一回使ったはいいものの、消せなくて困ってたのよ。やり方知ってるなら教えてほしいんだけど」

「ふむ……」

狂三は数瞬の思案ののち、小さくうなずいた。

「まあいいでしょう。──鏡の枠に描かれている魔術文字を左上から右回りに三周なぞったのち、鏡の前で三分間身体をくねらせてダンスをするのですわ。すると、鏡の表面に、今まで記録された映像が映し出されます。あとは、その中から消したいものを選ぶだけですわ」

「……何その馬鹿みたいな操作方法」

「わたくしに言われましても」

狂三はやれやれと肩をすくめたのち、続けた。

「まあ、ご心配には及びませんわ。あれが魔術工芸品《アーティファクト》とわかった以上、明日にもこちらで回収させていただきます。映像の消去もこちらでやっておきますわ」

「……ふうん。じゃあ任すわ」

七罪は面倒そうにそう言うと、背を丸めながらその場を去っていった。

「ちょ、ちょっと待ってちょうだい、七罪さん！」

花音《かのん》が、その背に声を投げる。狂三はその気勢を抑えるように手のひらを広げた。

「まあ、いいではありませんの。確かに軽率なところはありましたけれど、一応は生徒会長としての責任感から生まれた行動だったようですし。――ねえ、琴里さん？」

「え？」

狂三に話題を振られた琴里は、しばしの間考えを巡らせたのち、息をついてきた。

「…………、まあ、そう――ね。今後はこういう人騒がせな真似《まね》は控えてほしいけど」

「そ、そうじゃなくて！　あの七罪さんがこんなことするなんて――」

花音が納得いかないといった様子で眉根を寄せる。

だが、七罪はそのまま足を止めることもなく、夜闇の中を歩いていってしまった。

「さて。一件落着――でしょうか？」

その背を見送りながら、狂三はぽつりと言葉を零《こぼ》した。

◇

――深夜二時。

来禅《らいぜん》高校東校舎、三階から四階に至る階段を、明かりも持たずそろそろと上る人影があった。

「…………」

人影は踊り場の壁に設《しつら》えられた大きな姿見《すがたみ》の前で足を止めると、周囲の様子を窺《うかが》ってから、指先で姿見の枠に刻まれた魔術文字をなぞり始めた。

そしてそのまま指を三周させたのち、鏡の前で躊躇《ためら》いがちに、くねくねと身体を捩《よじ》り始める。どうやらダンスのつもりらしかったが、どちらかというと、波に揺られる昆布かワカメといった方が適当なようには思えた。

瞬間——

「……!?」

突然カッと光に照らされ、ふしぎなおどりを踊っていた人影は、ビクッと全身を震わせた。

「——あら、あら。先ほどお帰りになられたと思っておりましたけれど。こんなところで何をされていますの、七罪さん?」

「あ……」

懐中電灯を持った狂三がニッと唇の端を歪《ゆが》めながら問うと、ぎこちなく腰を振っていた人影──七罪は、赤面しながらその動きを止めた。

「な、なんでこんなところに……」

「それはこちらの台詞《せりふ》ですわ。一体その鏡になんのご用でして？」

「ぐ……」

とぼけるような狂三の言葉に、七罪が悔しげに歯がみする。すると狂三の後方から、アヤが不思議そうに声を投げてきた。

「どういうことですか先生、事件は解決したのでは……？」

「『幽霊』の正体──ということであれば、解明したと言っていいでしょう。ですが、七罪さんがなぜ『幽霊』騒ぎを起こしたのか、については、まだ語られていないことがありそうですわね？」

「え？　それは、夜の学校に忍び込む人を驚かせようとしたんふぁ……」

言葉の途中で、アヤの喉からあくびが漏れる。……まあ無理もない。今は草木も眠る丑《うし》三《み》つ時。とうにおねむの時間である。

「無理せず先に帰っていいと申しましたのに」

「いえ……最後までご一緒させていただきます。助手なので」

アヤが眠たげな目を擦りながらも、毅然《きぜん》とした調子で言ってくる。狂三は「そうですの」と短く答えると、七罪に向き直った。

「とにかく、今の行動を見るに、その目的は明白。──七罪さんは、『ブロッケンの魔鏡』に記録された映像を消去しようとしていたのですわ」

「べ、別にそういうわけじゃ……」

「ちなみに先ほどお伝えした映像の消し方はまったくの出鱈目《でたらめ》ですわ」

「ちくしょう！」

七罪が吐き捨てるように言って地団駄を踏み、すぐにハッと肩を揺らす。狂三は「あら、あら」と肩をすくめた。

「でも先生……『幽霊』の映像は、鏡を回収してからこちらで消すという話だったじゃないですか。七罪さんも了承していました。なんでわざわざ……」

「ふふ、どうしてだと思われまして？」

「……、先生が信用されていないからですか？」

「…………、まあ、その可能性も否定はできませんけれど」

狂三は気を取り直すようにコホンと咳払《せきばら》いをしてから続けた。

「思うに、七罪さんは、『幽霊』以外の映像を消去しようとしていたのではないでしょうか」

「『幽霊』以外の映像……ですか」

「ええ。わたくしたちが映像を消去する際に、本当に消去してほしい本命の映像を見逃してしまうかもしれない。或《ある》いは、わたくしたちにさえ見せたくない代物だったのか。詳しいことはわかりませんけれど、とにかく七罪さんは、自分の手でそれを消去しなければ安心できなかったのでしょう。それゆえ、鏡が回収される前に処理をしておこうとしたのだと思いますわ」

「………」

七罪が眉根を寄せながら視線を逸《そ》らす。自分の服の裾を握った手が、小刻みに震えていた。

「さて、ここまで言っても真相を話してはくれませんか？　まあ、七罪さんがそのつもりならば、あとでじっくり検証するだけですけれど」

狂三が煽《あお》るように言うと、七罪はしばしの沈黙ののち、諦めたように大きく息を吐いた。

「……わかったわよ。でも、絶対内緒にしてよね」

そして頭をくしゃくしゃとかき、ぽつぽつと話し始める。

「……実は狂三に相談に行くちょっと前に、私一人で『新・七不思議』を調べたことがあったのよ」

「そうなんですの？」

「……成り行きのやらされ仕事とはいえ、一応生徒会長だし」

ばつが悪そうに唇を尖《とが》らせながら、続ける。

「……まあ、って言ってもただの噂《うわさ》だし、基本は特に何も起こらなかったのよ。——でも、校舎裏を通ったとき、ある人の姿が突然現れたの」

「ある人？」

「城之崎《きのさき》先輩よ」

七罪《なつみ》の言葉に、狂三《くるみ》はぴくりと眉を揺らした。——城之崎都《みやこ》。生徒会の副会長だ。

「ということは、彼女も『新・七不思議』を信じて、鏡に願い事をした——ということですの？」

「……まあ、そういうことよね」

「一体どのような願い事をされていたのか、お伺いしても？」

狂三が問うと、七罪は微《かす》かな逡巡《しゅんじゅん》ののち、言ってきた。

「…………、『田中《たなか》先生に想《おも》いを伝えられますように』、だって」

「それは、それは……」

田中先生、というと、生徒会室を訪れたあの影の薄い教諭だろうか。意外な名前に、狂三は思わず目を丸くしてしまった。

七罪が、ため息を零しながら続ける。

「それで……城之崎先輩にこっそり聞いてみたら、『新・七不思議』の鏡に願い事したって聞いて、もしかしたらって思って私も〇時に鏡の前に立ってみたら、ホントに校舎裏に立体映像が出るようになっちゃって。

……なんていうか。城之崎先輩って結構人気者だし、変に噂立っても、まあ……アレじゃない。先輩本人はバレてもあんま気にしなさそうっていうか、私が聞いたときもあっけらかんとしてたけど、先生の方に悪い噂が立つ可能性もあるし。……あの人、人がよすぎて、世の中に、他人を炎上させたいだけの性悪最悪人間がいるっての、いまいち理解してないとこあるのよね……」

「なるほど。それで、都さんの鏡像を上書きするため、幽霊に扮《ふん》した自分の姿を記録したのですわね。足りない身長を補うために、わざわざ踏み台まで使って」

「…………、まあ、だいたいそんなとこよ」

どこか気恥ずかしそうに、七罪が言う。それを聞いてか、アヤが目を見開いた。

「先生、この人いい人です」

「あら、ようやく気づかれまして？　探偵助手たるもの、もっと観察眼を磨いてくださいまし」

狂三がさらりと言うと、アヤは「はい！」と元気よく返事をし、七罪は「〜〜〜っ！」と顔を真っ赤に染めた。

「──事情は把握いたしましたわ。正直に答えてくださってありがとうございます。都さんの映像は、七罪さんの『幽霊』やわたくしたちの映像と一緒に消去しておきますのでご心配なく。無論、このことを口外するつもりもありません。──アヤさんも、いいですわね？」

「はい。もちろんです」

アヤがこくりとうなずきながら返してくる。狂三は満足げにうなずきながらも「とはいえ」と続けた。

「生徒会の皆さんの誤解くらいは、解いておいてもいいのでは？　まあ、琴里《ことり》さんたちは理由はわからずとも、なんとなく勘付いていた様子でしたけれど」

「……、考えとく」

「そうですの」

まあ、これ以上はお節介というものだろう。狂三は短く答えると、アヤを伴ってその場から歩き去ろうとした。

「……最後に一つだけ聞いていい？」

と、そんな狂三の背に、七罪の声がかけられる。狂三は足を止めると、身体《からだ》の向きは変えぬまま、視線のみをそちらにやった。

「なんでしょう？」

「……なんで、私が嘘《うそ》の動機を話してるってわかったの？」

七罪が怪訝《けげん》そうに問うてくる。まあ、彼女としては当然の疑問だろう。七罪が嘘をついているという確信がなければ、このような回りくどい手段を取るはずがない。

狂三は、ふっと唇に笑みを湛《たた》えながら答えた。

「——七罪さんがあのようなことをするとしたら、自分以外の誰かのために決まっているではありませんの」

「…………っ」

七罪が、息を詰まらせながら頰を紅潮させる。

狂三は髪を翻《ひるがえ》すと、夜闇を裂くようにその場から立ち去った。

The artifact crime files
kurumi tokisaki

Case File IV

……人にはそういう時期があるのですわ

狂三ビレッジ

――県境の長いトンネルを抜けると因習村であった。

「…………」

時崎狂三《ときさきくるみ》は、周囲の景色を見渡しながら、そんな悪趣味なフレーズを思い浮かべてしまった。……もちろん、間違っても口には出さなかったけれど。

長い黒髪と白い肌が特徴的な少女である。今は帽子に薄手のコートというお出かけスタイルで、クラシックな意匠のトランクを転がしていた。

「……なんというか、なかなか個性的な村ですわね」

慎重に言葉を選びながら、そう零《こぼ》す。

廃駅間近にしか思えない最寄り駅から、ＩＣカード決済に対応していないバスに揺られることおよそ四〇分。辿《たど》り着いた山間の小さな集落は、ただの長閑《のどか》な田舎というには、少々不穏な空気が立ちこめていたのである。

「そう？　昔からこうだったから、私にはよくわかんないや」

あっけらかんとそう答えてきたのは、狂三の隣にいた女性だった。

引っ詰めにした髪に、黒縁の眼鏡。パンツルックに秋色のアウターを身に着けている。

名を桑原紬《くわはらつむぎ》。狂三の大学の三年生にして、この旅の発起人。そしてこの村の出身者であった。

「……では、いくつかお尋ねしたいのですけれど」

「ん？　何？」

「あれはなんですの？」

狂三は頰に汗を垂らしながら前方を指さした。

そこには、なんとも怪しい雰囲気を放つ、古めかしい祠《ほこら》があったのである。

「ああ、あれは村に古くから伝わる祠よ。土地神様が祀《まつ》られてるから気をつけてね。万が一壊そうものなら大変なことになるって言われてるから、絶対壊しちゃ駄目よ。いい？　絶対よ？　絶対壊さないでね？」

「壊しませんわよ」

紬が、妙に強く念を押してくる。その様は、なぜかお笑い芸人で言うところの『お約束』を思い起こさせた。

……というか、なぜ祠に対して、わざわざ『壊すな』などという当たり前の注意喚起がなされるのだろうか。そもそも祠は壊すものではないと思うのだが。まるで祠といえば壊さずにはいられない祠クラッシャーがいるかのような調子だった。

他にも気になる点はある。狂三は畦道《あぜみち》を練り歩く謎の集団を見ながら問うた。

「……あそこにいる、顔を奇妙な布で隠した白装束の一団は？」

「村の青年団よ。……って言っても、もうおじさんやお爺《じい》さんばっかりだけど。祭の前になると、ああして列をなして毎日村の中を練り歩くの。あ、列の前を横切ってはならないって言われてるから注意してね？」

紬の説明に、狂三は渋い顔をしながら耳をそばだてた。

「……どこからともなく物騒な歌詞の歌が聞こえてくるのですけれど」

「村に伝わる童歌《わらべうた》ね。私も昔お祖母《ばあ》ちゃんに教えてもらったなあ。子供の頃は全然気にしてなかったけど、改めて聞いてみると不思議な歌詞なのよね。将来自分に子供ができたら、絶対に伝えないといけないって言われてるんだ」

「………………」

狂三は渋い顔で黙り込んだ。

人様の生まれ故郷にこんなことを言うのは非常に失礼かもしれないのだが……なんというか、古くからのしきたりに囚《とら》われた村感が凄《すご》かったのである。口さがないことを言えば、未《いま》だに土地神様に生贄《いけにえ》を捧《ささ》げていたり、伝説になぞらえた見立て殺人が行われていたりしそうな雰囲気があった。

とはいえこの場において、そんな感想を抱く狂三は少数派のようだった。

「颶風《ぐふう》の御子、まほろばの里に降臨せり。ここが我が舞台か。悪くない」

「首肯。自然豊かで綺麗《きれい》な場所です。空気が美味《おい》しいですね」

狂三の後方でそう言ったのは、瓜二《うりふた》つの顔をした双子だった。

片や、モノトーンのスタイリッシュな装《よそお》いにシルバーアクセサリーをじゃらじゃらと着けた少女。

片や、パステルカラーで纏《まと》められたガーリーな装いに、小さな意匠のネックレスのみを着けた少女。

八舞耶倶矢《やまいかぐや》と八舞夕弦《ゆづる》。ともに、狂三の大学の同期生にして友人である。

「む？　空気が美味しい？　特に味などはしないが……」

「そういう意味じゃない。空気が澄んでいるということを示した表現」

次いで言ったのは、八舞姉妹の隣にいた夜刀神十香《やとがみとおか》と鳶一折紙《とびいちおりがみ》だった。

夜色の髪と水晶の如《ごと》き双眸《そうぼう》が特徴的な少女と、人形のような面をした少女である。こちらもまた、狂三とともにこの村を訪れた友人であった。

「……皆さん、何も感じませんの？」

狂三が問うと、四人は不思議そうに目を見合わせたのち、首を傾《かし》げてくる。

「何も……って、何が？　――あ、いや、感じる。感じるぞ。深淵《しんえん》の底に潜む邪神の蠢《うごめ》きとか、なんかそんな感じのやつをな」

「指摘。耶倶矢の言うことは気にしなくて大丈夫です」

「むう、私は何も感じないが……」

「私も。特記すべきことはない」

「……そうですの」

狂三《くるみ》は渋い顔をしながらそうとだけ返した。

するとそれに合わせるように、紬がパンと手を打ち鳴らしてくる。

「――よし、じゃあ早速向かおっか。出る前に連絡はしてきたたし、もう準備はできてると思うから」

「くく、よかろう。仮初《かりそ》めの止まり木へ赴くとしようか」

「確認。先輩のご実家に泊めていただけるのでしたね？」

「うん、そうそう。ごめんねー。ちゃんと旅館とかあればよかったんだけど、こんな辺鄙《へんぴ》なとこだから観光客なんて全然来なくてさ。あ、でも田舎だけあって家は馬鹿みたいに広いから、そこは安心してもらっていいよ。あとは一応米所なんで、ご飯の美味しさだけは保証する！」

ぐっ、と親指を立てながら紬が言ってくる。

十香たちは『おおー！』と無邪気に声を上げていたが、狂三は無性に嫌な予感を覚えずにはいられなかった。

――狂三たちがこの白句村《しらく》を訪れていた理由は、連休を利用して泊まり込みのアルバイトをするためだった。

なんでも、村では年に一度奉納祭が行われるそうなのだが、近年過疎化が進み、奉納の儀を行う巫女《みこ》のなり手がおらずに困っていたのだという。

そこで紬が、サークルで付き合いのあった耶倶矢に頼み込み、人集めをお願いした、という流れだそうだ。……狂三としてはあまり気が進まなかったものの、いろいろと事情と経緯があり、参加する運びとなっていたのだ。

「…………」

狂三は紬のあとを付いて道を歩きながら、無言で辺りの様子を窺《うかが》った。

よく言えば、緑豊かな村である。道は辛《かろ》うじて整備されているものの、脇には木々が生い茂っている。一応まばらに街灯は設置されているが、夜に出歩こうとはとても思えなかった。

四方を山に囲まれており、先ほどバスで通ってきたトンネルが唯一の出入り口のようである。もし土砂崩れなどであそこが塞がれてしまったなら、この村は外界から隔絶された陸の孤島となってしまうだろう。ついでに言うとスマートフォンは、村に入るだいぶ前から圏外になってしまっていた。……絵に描いたようなクローズドサークルの導入だった。

と、どれくらい歩いた頃だろうか。不意に道が開けたかと思うと、立派な門構えをした日本家屋が見えてきた。

「着いた着いた。ここが私の実家よ」

「おお、立派な家だな！」

紬の言葉に、十香が目を輝かせながら応ずる。

実際、古めかしいもののかなり豪壮な邸宅ではあった。開かれた門と家の間には庭が広がっており、小さな池まで作られている。田舎だから、などという一言では説明が付かないくらいの規模だ。恐らく地元の名士なのだろう。ぽつぽつと見られる家々と比べても、明らかに規模が大きかった。

「――ただいまー！　帰ったよー！」

紬は大股で門の敷居《しきい》を跨《また》ぐと、玄関を開けて大声を上げた。

すると程なくして、家の奥から、二人の女性が姿を現す。

一人は、五〇代ほどの上品そうな婦人。

もう一人は、彼女の押す車椅子に乗った、綺麗な白髪の老婆である。

「お帰り、紬。思ったより早かったね。長旅ご苦労様」

「うん、ただいま。お母さん、お祖母ちゃん」

紬は手を上げて挨拶をすると、和やかな調子で二、三言葉を交わした。

すると紬の母が、狂三たちに気づいたように視線を向けてくる。

「どうもぉ。紬の母の利恵《りえ》です。こっちは私の母のテル」

「ええ、初めまして」

狂三は会釈《えしゃく》をすると、皆とともに簡単に自己紹介をした。

「ええと、じゃあ皆さんが？」

「うん。私の大学の後輩。今年の奉納祭の巫女さん役をやってくれるって」

と、紬がそう言った瞬間。

それまで一言も発さないどころか、身じろぎ一つしていなかった紬の祖母――テルが、
突然カッと目を見開いた。

「ほう……この子たちがねぇ……」

そして、狂三たちを睨《ね》め回し、ニィ……ッ、と唇を歪《ゆが》める。

「いいじゃないか。しらいと様もさぞお喜びになるだろうねぇ。ヒィーッヒッヒ……」

「…………」

なんだか、まだ仕事も始まっていないのに、来たことを後悔してしまう狂三だった。

◇

「怪しいにもほどがありますわね」

寝泊まりする部屋に通されたあと。

紬たちが立ち去ったのを確認してから、狂三は皆に話しかけた。

すると十香たちが、不思議そうに顔を見合わせる。

「怪しい？　何がだ？」

「狂三が何を言っているのかよくわからない」

などと、平然と答えてくる。

狂三は軽い頭痛を覚えながら言葉を続けた。

「……いろいろ言いたいことはありますけれど、まず、このお部屋について何も思いませんの？」

狂三たちに用意されたのは、三〇畳はあろうかという和室だった。布団《ふとん》を五組並べても余裕な、広々とした大部屋だ。

が、なぜか部屋の奥に、大小様々な日本人形がずらりと並べられ、狂三たちに視線を送ってきていたのである。まるで人形供養《くよう》を行っている寺のような様相だった。

するとハ舞姉妹が、肩をすくめながら返してくる。

「あ、もしかして狂三、人形怖い系？　まあ確かにちょっと不気味だけど……でもあんま文句ばっか言うもんじゃないわよ」

「同意。多少の我慢は必要です。何しろ日給一〇万円という破格のアルバイトなのですから」

「そもそも！　その報酬額からして！　胡散臭《うさんくさ》いのですわ！」

狂三はバン！　と畳に手のひらを叩《たた》きつけながら叫びを上げた。

そう。狂三たちがここに滞在するのは、祭の準備期間を含めて三日間なのだが、その間、一日あたり一〇万円の報酬が各人に支払われることになっていたのである。

言うまでもなく、平均的なアルバイトの給与を遥《はる》かに超える額だ。もしも求人サイトにこのような条件の募集が載っていたら、なんらかの法に触れる仕事であると疑った方がよい。

しかし耶倶矢は、その文句は聞き飽きたというように眉根を寄せてきた。

「もー、まだ言ってるの？　そんなに怪しむなら断ればよかったじゃん一

「それは……」

言われて、狂三は口ごもった。それ自体は、確かに耶倶矢の言うとおりだったのである。

狂三がこのような怪しいアルバイトに付いてきた理由は一つ。

この件に、魔術工芸品《アーティファクト》が絡《から》んでいる可能性があったからだ。

――魔術工芸品《アーティファクト》。それは、かつて魔術師が作り上げたと言われる、人智《じんち》を超える力を有した工芸品。

狂三は散逸したそれらを蒐集《しゅうしゅう》するため、大学生の傍《かたわ》ら探偵稼業《かぎょう》などをやっていたのである。

とはいえ、魔術工芸品《アーティファクト》が関わっているやもしれないというのは、あくまで可能性に過ぎない。狂三は誤魔化すようにフンと鼻を鳴らした。

「……耶倶矢さんたちだけでは、悪い人に騙《だま》されても気づかなそうだからですわ」

「ひどー!? 私たちだって、危なそうなことあったらなんとかするし！」

耶倶矢が不満げに声を上げ、足を畳の上に投げ出す。

『…………！』

するとそれに合わせたようなタイミングで、家のどこかから怒声のような声が聞こえてきた。

「……あら？　今の声は……」

「居間の方。念のため様子を見てくる」

言って折紙《おりがみ》がすっくと立ち上がり、襖《ふすま》を開けて廊下へ出る。狂三たちもそのあとを追って部屋を出た。

長い廊下を歩き、声のもとへと辿《たど》り着く。

襖の隙間から部屋の中を覗《のぞ》き込むと、そこに利恵とテル、そして一人の女性がいることがわかった。

年の頃は三〇歳前後といったところだろうか。濃紺のスーツを纏《まと》った、キャリアウーマン然とした女性だ。髪を肩口で切りそろえ、肌の露出を嫌うように両手に手袋をしている。どことなく顔立ちが紬《つむぎ》に似ている気がした。

「――いつまでこんな祭を続けるつもり!?　今西暦何年だと思ってるの!?　いい加減目を覚ましてよ！」

女性がものすごい剣幕で声を上げる。

しかしテルは、まるで動じた様子もなく返した。

「しらいと様に背いたあんたには関係ないねぇ……もう二度とうちの敷居を跨ぐなと言ったはずだよ」

「この……！」

テルに摑《つか》みかかろうとする女性を、慌てた様子で利恵が止める。一触即発——というか既に爆発してしまっているような剣呑《けんのん》な雰囲気であった。

「あの方は一体……」

「……ああ、お姉ちゃんも来てたんだ」

狂三《くるみ》がぽつりと零《こぼ》すと、いつの間にかそこに現れていた紬が、それに答えるように言ってきた。

「お姉様、ですの？」

「うん。麻子《あさこ》お姉ちゃん。私の七つ上で、この家の跡取りだったんだけど……村の伝統が大っ嫌いで、高校卒業と同時に家を出て、今は東京で働いてるの。それだけならまだしも、最近ダムの誘致とかで、この辺り一帯の家に立ち退きを要求してきて、お祖母《ばあ》ちゃんと大喧嘩《げんか》しちゃって……」

「それはそれは……」

狂三は半眼を作りながらため息をついた。よくある確執なのかもしれなかったが、家族同士が罵り合うのを見るのはあまり気分のよいものではない。

麻子はその後も悪口雑言を続けたのち、焦《じ》れたように立ち上がり、狂三たちの方にのしのしと歩いてきた。

「……うん？」

そして苛立《いらだ》たしげに襖を開けたところで、狂三たちと鉢合わせる。

「誰？　あんたたち」

言いながら、ギロリとこちらを睨《にら》んでくる。

紬がそれに答えるように、おずおずと声を上げた。

「あ……私の大学の後輩。今年の巫女《みこ》さんをやってもらおうと思って……」

「……まだそんなことを続けてるの？」

麻子は表情を歪めると、近くにいた十香《とおか》の肩にポンと手を置き、ぽつりと零すように言った。

「……かわいそうに。悪いことは言わないわ。早く逃げなさい。——贄《にえ》にされる前にね」

「……む？」

十香がキョトンと目を丸くする。

すると居間の方から、テルの声が響いてきた。

「麻子ォ、巫女様たちに変なことを吹き込むんじゃないよ」

「……ふん」

麻子は後方を睨み付けると、そのまま廊下を歩いていってしまった。

その背が見えなくなったところで、居間の奥からテルが笑いかけてくる。

「お騒がせしましたねぇ、巫女様。お疲れでしょうから、食事の準備ができるまでお部屋でお休みになってくださいな。ヒィーッヒッヒ……」

「……そうですわね。そうさせていただきますわ」

狂三は、途方もない不信感を覚えながらも、そう言って踵《きびす》を返し、部屋へと歩いていった。十香たちもまた、そのあとを付いてくる。

その道中、不思議そうに十香が尋ねてくる。

「なあ狂三、ニエとはなんのことだ?」

「……神様に捧《ささ》げられる供物《くもつ》のことですわね。かつては、荒ぶる神を鎮《しず》めるために、生きた人間を捧げることもあったようですわ」

「捧げるというのは——」

「要は、殺してしまうのですわ」

「な、なんと……」

十香が、驚いたように目を丸くする。

それを聞いてか、八舞《やまい》姉妹が汗を滲《にじ》ませた。

「で、でも、昔の話でしょ？」

「疑念。まさか今もやっているなどということは……」

「さすがにないと思いますけれど――」

と。

狂三はそこで言葉を止めた。

縦横に長く伸びた廊下の先。その最奥《さいおう》で、赤い着物を着た幼い女の子が、ぽんぽんと手《て》鞠《まり》をつきながら、歌を口ずさんでいたのである。

「しらいとさまのいうことにゃ。

やしろにみこのくびいつつ。

きれいにならべてくりゃしゃんせ」

それは、狂三たちがこの村に着いたとき、どこからともなく聞こえてきた童歌《わらべうた》であった。

女の子は、そこで狂三たちに気づいたのか、鞠つきを止《や》めると、くすくすと笑いながらどこかへ走り去ってしまった。

「狂三？」

「どうかしたの？」

「……いえ。なんでもありませんわ」

もはや怪しくない箇所がなさすぎて、どこから突っ込んでいいのかわからない。

狂三は頬をひくつかせながら、大部屋へ戻っていった。

◇

——異変が起こったのは、翌朝のことである。

「狂三、狂三。ちょっと起きてってば、狂三」

「……そんなに揺すらないでくださいまし」

布団《ふとん》の上から耶倶矢《かぐや》に身体《からだ》を揺すられ、狂三は呻《うめ》くような声を上げた。

元々夜型で朝が弱い上、昨夜はあれこれと考えごとをしていたため、眠りに就くのが皆より遅くなってしまっていたのである。目をしばしばさせながら布団の中で身を捩《よじ》る。

「十香の姿が見えないのよ」

「……なんですって？」

が、次いで発された言葉に、狂三はがばっと身体を起こした。

既に耶倶矢、夕弦《ゆづる》、折紙は起床していたらしい。寝間着姿の三人が視界に映る。

しかし耶倶矢の言うとおり、十香の布団はもぬけの殻だった。

「……トイレではありませんの？」

「私も最初そう思ったけど、全然帰ってこないの……」

耶俱矢がどこか不安げに言ってくる。狂三は軽く頬を張ると、耶俱矢の肩に手をかけながら立ち上がった。

「……広いお屋敷《やしき》です。もしかしたらトイレに行ったあと、迷っているのかもしれません。捜してみましょう」

狂三が言うと、耶俱矢、夕弦、折紙はこくりとうなずき、立ち上がった。

皆で連れ立って部屋を出、長い廊下を歩きながら十香の名を呼ぶ。

「十香ー！　どこー⁉」

「呼掛《よびかけ》。十香ー」

しかし、いくら呼びかけても、声は返ってこない。

如何《いか》に広い屋敷とはいえ、耳のいい十香ならばこちらの声に気づかないということはないと思うのだが――

「――――」

と、一行の最後尾を歩いていた狂三は、そこで不意に後方を振り向いた。

何者かが、ひたひたとあとをつけてくるような気配がしたのである。

「疑問。どうかしたのですか？」

「……いえ、今誰かがいたような……」

だがそこには誰の姿もない。狂三は眉根を寄せながら首を傾《かし》げると、再度十香の捜索に戻った。

と、どれくらい家の中を捜し回った頃だろうか。狂三たちの呼び声を不審に思ってか、テルが顔を出した。

「おや、どうかされましたかな」

「あ……先輩のお祖母さん」

「質問。十香の姿が見えないのです。何か知りませんか？」

夕弦が問うと、テルは顔をくしゃっと歪《ゆが》めるようにして笑みを浮かべた。

「ヒィーッヒッヒ……それは心配ですなぁ。家の者に捜させますゆえ、巫女様たちは朝食を召し上がりながらお待ちください」

「反論。ですが……」

「……いえ、お言葉に甘えましょう。十香さんのことです。ご飯の匂いにつられて姿を現すかもしれません」

狂三は夕弦の言葉を遮るように手のひらを向けながら言った。それももっともだと思ったのか、夕弦が引き下がる。

狂三たちは軽く会釈《えしゃく》をしてテルのもとから去ると、昨晩夕食を供された食堂へと向かった。

テルの言うとおり、既にそこには五名分の膳が用意されていた。ご飯に味噌汁《みそしる》、豆腐に納豆、青菜に香の物。精進料理を思わせる献立である。

なんでも巫女を務める者は、数日前から身を清めるために生臭物を断たねばならないらしい。昨晩の夕食にも、肉や魚は使われていなかった。味自体はよかったのだが、健啖家《けんたんか》の十香は少し物足りなそうな顔をしていた。

「では、いただきましょう。腹が減ってはなんとやらですわ。きちんと栄養補給をしてから十香さんの捜索を再開するとしましょう」

言って狂三が手を合わせると、皆それに倣《なら》うようにし、食事を始めた。

しばし朝食を食べ進めたあと、無作法とは思いつつも狂三は小声で皆に話しかけた。

「……十香さんの件、どう思われまして？」

「家の中で迷ったという線は薄い。もし仮に迷っていたとして、十香がこちらの呼び声やご飯の匂いに気づかないとは考えづらい」

「思案。かといって、十香が一言もなく外に出るとも思えません」

折紙《おりがみ》と夕弦の言葉に、狂三《くるみ》は大仰にうなずいた。

「わたくしもそう思いますわ。では、少々物騒な話になりますけれど、何者かに拉致されたという可能性は——」

「ない」

「ない」

「否定。ありません」

狂三が言うと、三人は同時にきっぱりと答えてきた。

聞いておいてなんだが、狂三も同意見である。汗を滲ませながら「そうですわよね」と返す。

なおそれは、「十香のことを拉致しようとする者がいるはずがない」という意味ではなく、「仮にそのような者がいたとしても、十香を捕まえられるはずがない」という意味である。

狂三が十香の捜索を中断して紬《つむぎ》の祖母の言葉に従ったのも、何割かはそれが理由である。仮になんらかのトラブルに巻き込まれたとして、十香ならば自力でなんとかしてしまうとしか思えなかったのだ。

しかし現状、十香の姿は見えないままだ。

だとすると考えられるのは、超自然的な存在による神隠しか、或《ある》いは――

「――魔術工芸品《アーティファクト》」

狂三が呟《つぶや》くように言うと、耶倶矢、夕弦、折紙がぴくりと眉を揺らした。

「……それって、魔術師が作った不思議アイテムとかいう、あの？」

「ええ。あくまで可能性ですけれど、もしそれが本件に関わっていたなら、あり得ない話ではないと思いませんこと？」

「それは……そうかもだけど……」

「質問。もし魔術工芸品《アーティファクト》のせいだとしたら、一体何が起こっているというのですか？」

「それはまだわかりませんけれど――」

と。

「……あら？」

そこでとあることに気づき、狂三は眉根を寄せた。

耶倶矢の隣。十香《とおか》に用意されていた膳が、いつの間にか空になっていたのである。

「……耶倶矢さん？　もしや十香さんの分の朝ご飯に手をつけてしまいましたの？」

「へ？　そんなことするわけ……って、あれ？　なくなってる……？」

言われて耶倶矢もそれに気づいたように目を丸くする。

それを見てか、夕弦がわざとらしく口元を押さえてみせた。

「憐憫《れんびん》。耶俱矢、いくらお腹《なか》が空いていたからといって、人様のご飯を勝手に食べてしまうなんて……」

「いやだから知らないし!? 人を勝手に食いしん坊キャラにしないでくれる!?」

と、耶俱矢と夕弦がにわかに小競《こぜ》り合いを始める。

そんな光景を横目に見ながら、

「……ふむ」

狂三はいつの間にか空になった膳を見つめ、あごに手を当てた。

◇

昼。真っ白な巫女《みこ》装束に着替えさせられた狂三たちは、村の奥にある沢に連れてこられていた。

流れ自体は穏やかで、水位も浅いのだが、切り立った崖の上から水が落ち、小さな滝がレースのカーテンのように連なっている。

なんとも風光明媚《ふうこうめいび》な景色だ。こんな辺鄙《へんぴ》な場所でなければ、観光名所になっていてもおかしくはないだろう。

──まあ、見るも仰々しい装《よそお》いでこのようなところに連れてこられた身としては、素直にその美しい光景を堪能《たんのう》することは難しかったけれど。

「……桑原《くわはら》先輩。これはもしや」

狂三が問うと、狂三たちをここに連れてきた紬は、汗を滲《にじ》ませながら返してきた。

「えっと……水垢離《みずごり》とか滝行とかって聞いたことある？　巫女役の人は、身を清めるためにやってもらうことになってて……」

「…………」

予想通りの答えに、狂三ははあとため息をついた。

が、その言葉を聞いて狂三とは逆に目を輝かせた者がいた。──耶倶矢だ。

「えっ、それって、あの修験《しゅげん》者とかがやる、滝に打たれて精神統一するやつ？　一回やってみたかったんだよね。──くく、苛酷なる修行により、開け我が第三の目！」

威勢よく叫び、耶倶矢が滝の下に飛び込む。

「──ぎゃん！　ちべたい！」

が、すぐに舞い戻ってくると、肩を抱きながらガチガチと歯を鳴らした。夕弦が、用意してあったバスタオルを耶倶矢にかけてやる。

「嘆息。後先考えず飛び込むからです」

「だ、だってぇ……」

「冷たくて当然ですわ。季節を考えてくださいまし」

そんな光景を見てか、紬はあははと苦笑してきた。

「無理のない範囲でいいから。一度滝をくぐったら、あとは水を含ませたタオルで身体《からだ》を拭くくらいでいいんじゃないかな」

「それでよろしいんですの？」

「うーん、本当はよくないのかもしれないけど……本番に風邪引かれちゃうのはもっと困るし……」

「まあ、それもそうですわね……」

狂三が言うと、紬は持参していた薪を組み合わせて火を熾《おこ》したのち、うんしょと立ち上がった。

「じゃあ、しばらくしたら迎えにくるから、それまでお願い。身体が冷えたらここで温まって。──私は夜刀神《やとがみ》さん捜しを手伝ってくるから」

「……ええ、よろしくお願いしますわ」

狂三は微《かす》かに目を細めながらも、こくりとうなずいた。

そう。朝食をとったあと捜索を再開したのだが、十香は未《いま》だ見つかっていなかったのである。

本当ならば狂三たちも捜索を続けたかったのだが、巫女役には巫女役の務めがあるらしく、紬たちにバトンタッチするしかなかったのだ。

と、去っていこうとする紬に、狂三は「ところで」と声をかけた。

「巫女のなり手がいないというお話でしたけれど、桑原先輩はやられないんですの？」

「――――」

なんとはなしに狂三が言った瞬間、不意に一陣の風が吹き、紬の髪をはためかせた。

……見間違いだろうか。ほんの一瞬、それに紛れて、紬の唇が、怪しく吊《つ》り上げられた気がした。

「先輩……？」

再度狂三が問うと、紬はいつもの調子に戻って言葉を返してきた。

「んー……私はちょっとね。柄じゃないっていうか。得意じゃないんだよねそういうの。だから今までも、なり手がいないときは私が村の外から女の子を呼んだりしてたんだ」

「……、昔巫女さんをやられた方に、もう一度お願いしたりはしませんでしたの？」

「あー……うん、まあ、ちょっとね」

狂三の問いをはぐらかすように、紬が視線を逸《そ》らす。

それはまるで、もうその巫女役と、連絡が取れない状態にあるかのような様子だった。

「とにかく、みんなは滝行をお願い。じゃあ、またあとでね」

紬は小さくうなずくと、そのまま元来た道を屋敷《やしき》の方へ去っていった。

「…………」

その背を見送りながら、狂三は無言で汗を滲ませた。

……まさかここにきて、紬まで怪しさを発揮してくるとは。まあ、彼女もこの村の出身者なのだから、完全な味方と捉えるのは危険だろう。

とはいえ、現状何かしらの証拠があるわけでもない。狂三は残された皆の方に視線を向けると、気を取り直すように「さて」と声を発した。

「……一応、務めを果たしておきますか」

「理由はどうあれ、一度請け負った以上、仕事は仕事」

同意を示すように言ったのは折紙だった。なんの躊躇《ためら》いもなく水へ入っていくとそのまま滝の下に至り、目を閉じて手を合わせてみせる。

所作こそ見よう見まねだろうが、微塵《みじん》の震えも見せないその様は見事の一言だった。思わず感嘆の声を上げてしまう。

「あらあら、さすがですわね」

「──傾向は違うけれど、こういった環境での訓練には慣れている。暑い寒いを言っているようではまだまだ」

「んな……っ！」

折紙《おりがみ》の言葉に目を見開いたのは耶倶矢《かぐや》だった。

別に折紙にそんなつもりはないだろうが、煽《あお》られたと思ったのかもしれない。ぐぬぬぬ……と眉根を寄せると、意を決したようにバスタオルを跳ね飛ばし、再度滝の下へと向かう。

「颶風《ぐふう》の御子を侮《あなど》るでない！　ちょわーっ！」

そして威勢よくそう言って、折紙の隣で両手を合わせた。

「──り、臨兵闘者皆陣列在前《りんぴょうとうしゃかいじんれつざいぜん》、臨兵闘者皆陣列在前……」

やはり気合いを入れても冷たいものは冷たいのか、ガチガチと歯の根を鳴らしながら耶倶矢が九字を唱える。使い方が正しいのかどうかはよくわからなかった。

「奮起。やりますね耶倶矢。夕弦《ゆづる》も負けてはいられません。とうっ」

すると、今度は夕弦がそれに触発されたのか、意を決した様子で沢に飛び込む。

「……仕方ありませんわね」

狂三はやれやれとため息をつくと、皆に続いて水の中に足を踏み入れた。

そしてすうっと息を吸ってから、皆の横に並び、手を合わせる。

「…………っ」

刺すように冷たい水が、遥《はる》か頭上から降り注いでくる。立っていられなくなるほどの勢いではないが、白い巫女装束に染《し》み渡ったそれは、全身にぴたりと纏《まと》わり付き、容赦なく体温を奪っていった。

……なるほど。昔の人間がこの行為に特別性を見いだしたのもわからないではない。水で全身を濯《そそ》ぐという衛生的理由もあったかもしれないが、これだけ苦しい思いをしたのならば、何かしらの御利益《ごりやく》があると信じたくなるのが人情だろう。

「……っは！　無理！　限界！」

狂三《くるみ》たちはそのまま滝行を続けたものの、時間にして一分ほどが過ぎたところで、耶倶矢が大きく息を吐き、滝の下から飛び出した。

とはいえ、限界を迎えていたのは耶倶矢だけではなかった。次いで夕弦、狂三が焚《た》き火のもとに駆け寄って、バスタオルを被《かぶ》りながら暖を取る。

それから少し遅れて、折紙がゆったりとした歩調で皆のもとへやってきた。

「あー……さっむ。無理無理。もういいよねこれで……」

「確信。十分身は清まりました。足りないのならあとでアルコール消毒でもします」

「土地神様がそれで納得してくれればよいですけれど──」

と、狂三が苦笑しながら言いかけたところで。

「──あんたたち、まだ村にいたの？」

背後から、そんな声がかけられた。

「え？」

「あなたは……」

見やると、いつの間に現れたのか、スーツ姿の女性が立っていることがわかる。昨日テルと口論していた紬《つむぎ》の姉──麻子《あさこ》だ。

麻子は狂三たちの姿を見回すと、何かに気づいたように首を傾《かし》げてきた。

「あら？　全部で四人だっけ？」

「ああ、いえ──」

狂三は簡潔に、今朝から十香《とおか》の姿が見えないことを話した。

すると麻子が、訝《いぶか》しげに眉根を寄せてみせる。

「……ふうん。危険を察知して一人で逃げたなら賢いけど、もしそうじゃないなら……」

「なら──なんですの？」

狂三が目を細めながら問うと、麻子はしばしの逡巡《しゅんじゅん》ののち、ため息をついてきた。

「……あんたたち、奉納祭の巫女《みこ》が、本来どういう役割だったのか、知っててやってるの？」

「いえ、詳しくは。……ただ、村の中でちらほらと漏れ聞こえてくる童歌《わらべうた》に、意味深な語句が含まれている気はしましたわね」

狂三が言うと、麻子は感心したように小さく口笛を吹いてみせた。

「勘がいいじゃない。あれはまさに儀式と巫女を歌ったものよ」

「……詳しくお聞きしても？」

「別段珍しい話じゃないわよ。——この村で祀《まつ》られてるしらいと様ってのはもともと、恵みもあるけど災いももたらすって類の神様だったわけ。機嫌を損ねれば地滑りが起き、洪水が起き、もう大変。それをなんとか鎮《しず》めようってんで、清らかな乙女を生贄《いけにえ》に捧《ささ》げたってわけ。

その儀式こそが、奉納祭。そしてそれは、形を変えながらも今なお続いている。

——もう祭の準備は始まってるんでしょ？　生臭物を避けて、身体を綺麗《きれい》にして……まるで『注文の多い料理店』みたいよね。要は神様に美味《おい》しくいただかれる準備をしてるのよ」

不穏なその話に、耶倶矢たちの顔が強《こわ》ばる。

狂三は眉根を寄せながら、真剣な調子で問うた。

「……まさか、本当にしらいと様とやらがいて、巫女さんを食べてしまうと仰《おっしゃ》いますの？」

「はっ、いるわけないでしょしらいと様なんて。迷信よ迷信」

しかし麻子は、馬鹿にしたように手を振ってみせた。予想外の反応に、思わず肩をこけさせてしまう。

ただ、と麻子が続ける。

「――その迷信を心の底から信じ切ってる連中は、確かにいるってことよ」

「…………」

麻子の言葉に、狂三たちは無言になった。

麻子はふうと息をつくと、一番近くにいた折紙の肩にポンと手を置いた。

「……私から言えるのはここまでよ。残念だけど、たぶん捜したところで友だちは見つからないと思うわ。次の贄《にえ》が出る前に、早く村から離れなさい」

そしてそう言って踵《きびす》を返し、道に停《と》まっていた黒のワゴン車の助手席に乗り込む。

どうやら同乗者がいるようだ。――そういえば、麻子はダム開発のために村を訪れていると聞いたような気がする。もしかしたらその関係者かもしれなかった。

「じゃ。生きてたらまた会いましょ」

麻子は車の窓から手を振ると、そう言って去っていった。

◇

翌朝。狂三はまたも、ゆさゆさと身体を揺すられて目を覚ました。

「……なんですの耶倶矢さん。あまり連日人を揺すらないでくださいまし」

「今日は私じゃないんだけど⁉」

少し離れた位置から、非難じみた声が響いてくる。狂三は目を擦った。……よく見ると、今日狂三を起こしたのは夕弦だったらしい。顔立ちが似ているものだから、寝惚《ねぼ》け眼《まなこ》だとよくわからなかった。

「……おはようございます、夕弦さん。もう朝でして？」

「狼狽《ろうばい》。それどころではありません。大変です、狂三。

——マスター折紙がいなくなってしまったのです」

「————」

夕弦の言葉に、狂三はバネ仕掛《じか》けの人形のように跳ね起きた。

見やると夕弦の言うとおり、折紙の寝ていた布団《ふとん》がもぬけの殻になっている。無論、部屋の中にも折紙の姿はない。狂三はぐっと足に力を入れて立ち上がると、大部屋の出入り口へと歩いていき、襖《ふすま》の様子を確かめた。

「……鍵代わりのつっかい棒はそのままですし、襖の間に挟んだ髪も落ちていませんわ。少なくとも、夜中に人の出入りはなかったと思われます」

そう。十香失踪の件があったため、狂三たちは念には念を入れて襖に細工をしておいたのである。

しかしそれらの細工は、寝る前と変わらぬ状態でそこにあった。どちらも部屋の内側からでないとできない仕掛けのため、折紙、もしくは部屋に侵入した何者かが、去り際に元に戻したとも考えづらい。

「そ、それってつまり……」

「ええ。この出入り口以外に隠し扉があるか――さもなくば、折紙さんが霞《かすみ》のように忽然《こつぜん》と消えてしまったとしか考えられませんわね」

狂三が言うと、耶俱矢と夕弦は息を詰まらせた。

と、夕弦が、何かを思い出したように目を見開いてくる。

「追想。マスター折紙の定点カメラは」

「……！　そうでしたわね。確認してみましょう」

狂三はそう言うと、四人の寝床を映す位置に設置された、三脚付きの小型カメラのもとへ歩み寄った。

これも、十香失踪を受けて設置したものの一つだ。折紙が偶然持っていたものである。……偶然なお偶然三脚も揃《そろ》っていて、偶然暗い中でも映像が撮れる赤外線カメラだった。……偶然ってなんだろうと思う狂三だったが、折紙曰《いわ》く乙女の嗜《たしな》みらしい。

まあ、細かいことはあとである。狂三はカメラを三脚から外すと、映像を早回しで再生し始めた。

暗い部屋の中で、狂三たち四人が寝息を立てている。皆定期的に寝返りを打つのだが、耶倶矢《かぐや》だけ妙にそのペースが速いというか、布団の隅を攻めるようにゴロゴロと転がっていた。今にも布団から飛び出してしまいそうだ。

「……随分寝相が悪いですわね、耶倶矢さん」

「いや今はそれ関係ないでしょ⁉　……ていうか、妙に寝苦しかったんだけど、なんか一昨日《おととい》より布団小さくなってなかった？」

「憐憫《れんびん》。耶倶矢、ついに寝相の悪さを布団のせいに……」

「だからそうじゃなくってぇ！」

「──しっ、見てくださいまし」

狂三は八舞《やまい》姉妹の小競《こぜ》り合いを止めると、再生速度を標準に戻した。

深夜二時になった頃だろうか。布団の中にいた折紙の姿が、一瞬のうちに消えてしまったのである。

「な……」

「戦慄。これは……」

「……決まりですわね。神か、悪魔か、魔術工芸品《アーティファクト》か。いずれにせよ、超常的な力が関わっているのは疑いようがありませんわ」

と、狂三が言うと、耶倶矢が何かを発見したように目を丸くした。

「……っ、ちょ、ちょっと、夕弦《ゆづる》、狂三、あれ……」

などと、震えた声を発してくる。狂三はその視線を辿《たど》るように顔を上げた。

「────っ」

そして、耶倶矢の示すものを見て、息を詰まらせる。

耶倶矢の視線の先には、幾体もの日本人形が並べられていたのだが──

いつの間にかその向きが、バラバラになっていたのである。

まるで狂三たちが寝ている間に、ひとりでに動きでもしたかのように。

「……念のため聞きますけれど、人形には触れておられませんわよね?」

狂三《くるみ》が問うと、耶俱矢と夕弦はこくこくと首を前に倒した。

当然狂三が動かしたわけでもないし、侵入者という線も考えづらい。見たところ、人形に絡繰《からく》りのような仕掛けがあるようにも見えなかった。

だとしたら、これは――

「……あら？」

と、人形を見つめていた狂三は、とあることに気づいた。

一見バラバラに見えた人形の並びに、規則性があるように思えたのである。

そう。よくよく見ると人形は、従来通り前を向いているものと、真後ろを向いているもの――要は表と裏の二種のみだったのだ。そして数体おきに、微妙な間隔が空けられている。

裏、裏、裏／表、裏、表／表、表／裏、裏、表／表、裏／裏、裏／表、表――

「これは、まさか……」

狂三は眉根を寄せると、鞄《かばん》の中からメモ帳とペンを取り出して、その順番を簡略化して書き留めた。

そして、無言で紙面に視線を落とすこと数分。

狂三は、汗を滲《にじ》ませながら顔を上げた。

「……なるほど。これを偶然の符合と呼ぶのは……さすがに無理がありますわね」

「な、何かわかったの？」

「要求。説明してください」

耶倶矢と夕弦が左右から訴えかけてくる。狂三はこくりとうなずいた。

「ええ。わたくしの予想が正しければ、十香さんと折紙《おりがみ》さんは──」

が。狂三が言葉を発し終えるより早く、部屋の襖が激しく揺れたかと思うと、つっかい棒を吹き飛ばすように力任せに開かれた。

「おやおや、何ぞ引っかかっていたようですなぁ。ヒィーッヒッヒ……」

「……テルさん」

狂三は視線を歪《ゆが》めながら、そこにいた人物を睨《ね》め付けた。

そう。開かれた襖の先には、この屋敷《やしき》の主──テルがいたのである。

否《いな》、それだけではない。彼女の両脇には、仰々しい白装束を纏《まと》い、顔を奇妙な紋様の描かれた白布で覆った男たちが数名見受けられた。この村に来た初日、畦道《あぜみち》を練り歩いていた一団だ。どうやら襖を無理矢理開けたのは彼らららしい。

「……一体いかがされまして？　こんな朝早くから乙女の寝所に踏み込むなど、少々無作法ではございませんこと？」

狂三が牽制《けんせい》するように言うも、テルは怯《ひる》む様子もなくニィッと笑みを浮かべてみせた。

「これはこれは、失礼しましたねぇ。――しかし今日は待ちに待った奉納祭。万一にも間違いがあってはいけないため、お迎えに上がった次第でございます」

「お迎え？」

「ええ。巫女《みこ》様たちには祭が始まるまで、最後の禊《みそぎ》を行っていただきます」

「……拒否権は――なさそうですわね」

汗を滲ませながら狂三が言うと、紬《つむぎ》の祖母はさらに笑みを濃くした。


――それからおよそ三〇分後。

白の巫女装束に着替えさせられた狂三と耶倶矢、夕弦は、神社の地下に位置する座敷牢《ざしきろう》のような場所に閉じ込められていた。

頼りなげな灯火《ともしび》のみがちろちろと揺らめく、薄暗い空間である。広さは六畳ほどだろうか。一応畳が敷いてあるのだが、湿気のためかじっとりと湿り、端には黴《かび》が生えていた。

年季の入った木製の格子《こうし》が張り巡らされ、鉄製の錠が施されている。見る限りシンプルな構造に思われたが、さすがに牢の中からどうこうできるような代物ではなさそうだった。

「……あーもう、なんなのよ最後の禊って。こんなところに閉じ込めて何がしたいのよ」

不満そうに言ったのは耶倶矢だった。纏っているのは皆と同じ巫女装束なのだが、今ここには狂三たちしかいないからか、大股を開いて胡座《あぐら》をかいている。

「推察。禊というのは建前で、閉じ込めておくこと自体が目的なのかもしれません。――恐らく、奉納祭の前に夕弦たちが逃げ出さないように。何しろ十香《とおか》とマスター折紙、二人もの巫女が行方不明になっているのです。夕弦たちがこの村に不信感を覚えていることを、向こうも承知しているのでしょう」

答えるように夕弦が言うと、耶倶矢が途端に不安を覚えたように声を震わせた。

「な、何よそれ。一体奉納祭で何させられるっていうのよ。まさか……」

嫌な想像を巡らせてか、耶倶矢が顔を青くする。……まあ無理もあるまい。血腥《ちなまぐさ》い昔話を聞かされた上、こんなところに閉じ込められ、既に二人の仲間が消息を絶っているのである。最悪の展開を思い描いてしまうのも当然ではあった。

しかし。先ほどの人形の並びを見た狂三は、難しげな顔であごに手を当てていた。

「……解《げ》せませんわね」

「疑問。何がですか?」

夕弦が首を傾《かし》げながら問うてくる。狂三は視線のみをそちらにやりながら答えた。

「十香さんと折紙さんが姿を消した理由、ですわ。——お二人の失踪には、魔術工芸品《アーティファクト》が関わっている。これは恐らく間違いありません。そして、それに使用されたのがどのような代物なのかも、おおよそ見当が付きました」

「えっ、マジ?」

「ええ。ただ——わたくしの推測が正しいとすると、そんなことをする理由がわからないのですわ。もし仮にこの村に古《いにしえ》の血腥い因習が残っていたとしても、奉納祭の前に巫女を消してしまう理由はないではありませんの。神様に捧《ささ》げる生贄《いけにえ》が減ってしまう上、残った巫女にも警戒心を与えてしまう。いいことは一つもありませんわ」

「そ、それは……確かに」

言って、耶倶矢が頬に汗を垂らす。狂三は眉根を寄せながら考えを巡らせた。

「何か理由があるはずなのですわ。お二人を消した理由が——」

「——うん。そうだね。僕も同意見だ」

と。

不意にそんな声が聞こえてきて、狂三はハッと息を詰まらせながらそちらを向いた。

そして、驚愕《きょうがく》に目を見開く。

何しろそこには、和服を纏い黒眼鏡をかけた、死ぬほど胡散臭《うさんくさ》い女がいたのだから。

「れ、玲門《れもん》さん？」

「やあ、奇遇だね時崎《ときさき》くん。君も捕まってしまったのかい？　虜囚の身は辛《つら》いね」

狂三が名を呼ぶと、女——永劫寺《えいごうじ》玲門は軽い調子で手を上げてみせた。

それを見てか、耶倶矢と夕弦もまた、ポカンとした表情を作る。

「だ、誰……？」

「驚愕。というか、どうやって現れたのですか。ここは牢の中ですよ」

「おっと、挨拶が遅れたね。僕は未来探偵・永劫寺玲門。時崎くんの友人にして商売敵だ。どうやって——という質問に関しては、そうだな、最初からいたというのはどうだい？きっと暗がりで気づかなかったのさ」

二人の質問に対し、玲門が戯《おど》けた調子で言う。……前者はともかく、後者の問いに答えるつもりはないようだった。少なくとも、狂三たちがここに入れられたとき、他に人影はなかった。確かに部屋の隅は暗がりになっているので、黒い服を着て蹲《うずくま》っていれば隠れることも不可能ではなかったかもしれないが……そもそも玲門がここに閉じ込められている理由がわからない。

「…………」

とはいえ、狂三は妙に落ち着いていた。心のどこかで、どうせまた現れるのだろうと思っていたところがあるのである。

――何しろ玲門こそが、狂三がこの気乗りしないアルバイトに参加した理由だったのだから。

そう。今から二週間ほど前、適当に理由を付けて耶倶矢からの誘いを断ろうとしていた狂三の前に、どこからともなく玲門が現れ、「おや、行かないのかい？　とてもいい条件だと思うが」と言ってきたのである。

狂三の経験上、玲門が姿を現すのは魔術工芸品《アーティファクト》が絡《から》んでいるときのみだ。それゆえ狂三は、失踪事件が起こる前から、この件に魔術工芸品《アーティファクト》が関わっているのではないかと疑っていたのである。

どうやって牢の中に入ったかは確かに気になったが、問うたところでまともに答えようとはしないだろう。彼女には謎が多い。それこそ魔術工芸品《アーティファクト》の一つや二つ保有していても不思議はなかった。

ならば、そこを問い質《ただ》しても時間の無駄である。そう判断して、狂三は言葉を続けた。

「……玲門さんはどうお考えでして？　わたくしたちに不信感を与えてまで、犯人が十香さんと折紙さんを消した理由とはなんだと思いますか？」

狂三が問うと、玲門はニッと唇を笑みの形にした。――恐らく、狂三が無駄な質問をせず、合理的な判断に徹したことに対してのものだろう。

「そうだね。僕から一つ言えるとすれば——犯人とは、怪しい人物のことではなく、犯行に及んだ人物、ということかな」

「……は？」

玲門の言葉に、狂三は目を点にした。

「そんなの、当然ではありませんの」

「そう。当然だ。ただ、それを理解していても、印象というものは思いの外大きい。想定している犯人像と、実際に起こったこと。その二つが結びつかないのならば、その前提から疑ってみるべきではないかな？」

「え……？」

言われて、狂三は眉根を寄せた。

そして、思案を巡らせる。——前提を疑う。確かに奇妙な事件ではある。だがそれが、狂三の先入観によるものだとしたならば——

「っ、まさか——」

狂三は小さく息を詰まらせ、いつの間にか俯《うつむ》いていた顔を上げた。

するとそんな狂三を見てか、玲門が微笑を浮かべてくる。

「──ふ。もう僕の出る幕はなさそうだね」

「玲門さ──、…………は？」

名を呼びかけ、狂三は素っ頓狂な声を上げた。

理由は単純。玲門が、先ほどまでとは別の位置にいたのである。

というか、木製の格子の向こう側──要は牢の外側にいた。

「ちょ……いつの間に⁉」

「狼狽《ろうばい》。一体どこから出たのですか」

耶倶矢《かぐや》と夕弦《ゆづる》もまた驚愕を露《あら》わにし、格子に手をかけて揺する。が、頑丈な牢はびくともしなかった。

「まあ、企業秘密ということにしておいてくれ。僕はそろそろ退散するよ」

「いや、せめてそこの鍵でここ開けていってくれない⁉」

言って、耶倶矢が奥の壁を指さす。そこには、これ見よがしに牢の鍵がかけられていたのである。

が、玲門はそれをちらと見ると、「く……っ」と苦しげに身を捩《よじ》った。

「すまない。昔の事件の後遺症で、わたあめより重いものが持てなくてね……」

「……は⁉」

「疑念。どうやって生活しているのですか」

「まあ、そういうわけだ。外に人がいたら助けを呼ぶくらいはしてあげよう。それじゃあ、幸運を」

八舞《やまい》姉妹の疑問に答えるでもなく、玲門はいい笑顔をして手を振り、階段を上っていった。

地下牢に再び、静寂が訪れる。

「な、なんだったの、あいつ……」

「困惑。夢でも見ていたような気分です」

「……まあ、あの方のことはあまり気になさらないでくださいまし」

と、狂三《くるみ》が諦めたようにため息をつくと、玲門が消えた地上への階段から、ばたばたという足音が響いてきた。

一瞬玲門が戻ってきたのかと思ったが——違う。薄暗い部屋に顔を出したのは、紬《つむぎ》の姉、麻子《あさこ》だった。

「あんたたち、まだ逃げてなかったの……!?」

麻子は狂三たちを見るなり、驚いたような顔をして声を上げてきた。

予想外の人物の登場に、狂三もまた目を丸くする。

「麻子さん。なぜここに?」

「外歩いてたら、なんか死ぬほど怪しい風体《ふうてい》をした女に、地下に人が閉じ込められてるから出してやってほしいって言われたのよ。まさかと思って来てみたら……」

「……そうですの」

ものすごく心当たりがあった。一応本当に助けは呼んでくれたらしい。

狂三が苦笑していると、麻子は錠を開け、牢《ろう》の扉を開いてきた。

「——さ、死にたくなかったら今のうちに逃げなさい」

「お、おお!」

「感謝。天の助けです」

八舞姉妹が表情を明るくし、腰を屈《かが》めて牢から抜け出す。狂三も一瞬考えを巡らせたのち、それに続いて牢から出た。

「さ、こっちよ」

麻子が皆を先導するように階段を上っていく。狂三は耶倶矢、夕弦とともにそのあとを追った。

「外に見張りなどはいなかったのですか?」

「ええ。禊《みそぎ》の間はできるだけ巫女《みこ》に接触しないようにってしきたりがあるからね。逆に言えば、今が逃げ出すための最後のチャンスってこと」

言いながら、階段の先にあった扉を開け、外へ出る。階段は、神社の裏手にある物置のような建物に繋《つな》がっていた。

時刻はまだ昼過ぎくらいのはずだったが、空には分厚い雲が立ちこめ、辺りを薄暗く覆っている。時折遠くから響くゴロゴロという雷鳴は、まるで巫女を逃がしたことに神が憤《いきどお》っているかのようだった。――まあ、その神とやらが本当にいるのならの話だが。

「ぷはー……外の空気美味《おい》し……」

「質問。それで、どこに逃げればよいのですか」

「さすがに表の方は祭の準備で人が多いわ。裏の林を抜けましょう」

言って麻子があごをしゃくり、小走りになって駆け出す。

が、神社の敷地《しきち》を出てすぐ、麻子は足を止めた。

理由は単純。行く先に、車椅子に乗ったテルと、白装束の男たちが待ち構えていたのである。

「な……っ！」

「戦慄。待ち伏せですか……」

八舞姉妹が渋面を作りながら呻《うめ》くような声を上げる。

テルは鋭い視線で麻子を睨《ね》め付けた。

「……麻子ォ。とんでもないことをしてくれたねぇ。よりにもよって祭の直前に巫女様を逃がそうだなんて……」

「く……！　うるさい！　あんたたちがいつまでもこんなくだらないことを続けてるのが悪いんじゃない！」

麻子は悲鳴じみた声を上げたのち、狂三たちに向き直って声をひそめた。

「……よく聞いて。このすぐ先の道に、私の仲間が乗った車が停《と》めてあるわ。ここは私がなんとかするから、どうか一人でも逃げて、警察を呼んできて。いい？　地元の警察じゃ駄目。もっと大きな――」

そしてそう言いながら、狂三の肩に手を置こうとしてくる。

――瞬間。

狂三は、その手が肩に触れる寸前で、麻子の手首を押さえた。

「え……？」

麻子が、意外そうに目を丸くしてくる。

「――推理の時は刻まれましたわ」

狂三は麻子の手――正確にはその手を覆う手袋を見つめながら、ニッと唇を歪《ゆが》めた。

「こうやって十香《とおか》さんと折紙《おりがみ》さんを消したのですわね、麻子さん」

『…………っ⁉』

狂三の言葉に。

耶倶矢と夕弦、そして麻子が、同時に息を詰まらせた。

「ど、どういうこと、狂三？」

「怪訝《けげん》。十香と折紙が消えたのは、村側のせいではなかったのですか？」

「ええ。十香さんと折紙さんが姿を消したのは、村側の仕業ではありません。――どちらかというと、わたくしたちに村から逃げてほしい方の仕業だったのですわ」

「じ、じゃあ、十香と折紙はどこに行っちゃったわけ……？」

「正確に言うならば、十香さんも、折紙さんも、いなくなってなどいません。ずうっと、わたくしたちの側《そば》におられますわ。そう――きっと、今このときも」

「は……？」

耶倶矢が、意味がわからないといった様子で眉根を寄せる。

狂三は、捕らえた麻子の手から素早く手袋を奪い去ると、地面を蹴って麻子から距離を取った。

「くっ……！」

悔しげに呻く麻子を尻目に、手袋を確認する。内側に、複雑な魔術文字が記されていた。

「――やはり。魔術工芸品《アーティファクト》『影法師の手《スカー》』。対象の影を奪い、その存在感を限りなく希薄にする魔術工芸品《アーティファクト》……」

「存在感を……？」

「要は、十香さんと折紙さんはどこかへ消えたわけではなく、わたくしたちが気づけなくなっていただけだったのですわ」

「な――」

「驚愕《きょうがく》。なんと……」

耶倶矢と夕弦が驚愕を露わにする。狂三は首肯しながら続けた。

「十香さんのお膳がいつの間にか空になっていたり、人形の向きが変わっていたりといった怪奇現象は、全て十香さん、もしくは折紙さんの仕業でしょう。――あと、これはたぶんですけれど、耶倶矢さんが昨晩寝苦しかったのは、布団《ふとん》を用意してもらえなかった十香さんが、耶倶矢さんの布団に潜り込んでいたからではないかと」

「えっ、あ、そういうこと!?」

耶倶矢が目を見開き、十香を捜すように辺りに視線を巡らす。当然、存在感が希薄になっている十香を見つけ出すことはできず、すぐにむうと唸《うな》ることになったが。

「──それに気づけたのは、人形の向きのおかげですわ。あれは偶然や悪ふざけなどではありません。折紙さんからわたくしたちへのメッセージだったのですわ」

「困惑。メッセージ……ですか」

「ええ。日本人形は、必ず表か裏にされていました。そして数体おきに、間隔が空けられていた。これが何を意味するのか──耶倶矢《かぐや》さんならお気づきになられるのでは？」

狂三は巫女装束の懐《ふところ》から折りたたまれたメモ用紙を取り出し、耶倶矢に示してみせた。

──先ほど大部屋にて、人形の向きを書き留めたものである。

それを見ること数秒。耶倶矢は何かに気づいたように声を上げた。

「あ……！　もしかしてこれって──トン・ツー？」

「その通り。モールス符号というやつですわ」

モールス符号とは、長短二種の記号の組み合わせによって構成される電信の符号のことである。要は二種の記号さえあれば、文章を作ることが可能なのだ。

狂三が言うと、耶倶矢がメモ用紙の符号を辿々《たどたど》しく読み始めた。

「──お・り・が・み・は・こ・こ・に・い・る。

だ・れ・も・き・づ・か・な・い……」

耶倶矢の言葉に、夕弦《ゆづる》が目を丸くしてくる。

「驚愕。そんなメッセージが隠されていたとは……しかしマスター折紙はまだしも、なぜ耶倶矢と狂三はこんなものが読めるのですか？」

夕弦のもっともな指摘に、二人は視線を逸《そ》らした。

「それは……ねぇ」

「……人にはそういう時期があるのですわ」

狂三は気を取り直すようにコホンと咳払《せきばら》いをすると、麻子の方に視線を向けた。

「ともあれ、麻子さんは、忠告をする体《てい》で十香さんと折紙さんの肩に触れ、その存在感を希釈した。今わたくしに触れようとしたのは、わたくしの存在を皆さんに認識できなくすることにより、村から逃亡させようとしたから……でしょうか？

まあ、奉納祭を台無しにするためなのか、失踪者を出すことにより村の評判を落とし、ダム誘致を成功させるためなのかはわかりませんけれど——」

狂三が言うと、麻子はキッと視線を鋭くした。

「あんた……なんでこの手袋のことを……」

「あら、あら。言い逃れもされませんの？　まあ、本来露見するはずのない犯行の方法が詳《つまび》らかにされてしまったなら、その動揺も無理からぬことではありますけれど……少々拍子抜けではありますわね」

「ぐ……！」

麻子《あさこ》が悔しげに顔をしかめると、その会話を聞いていたテルが、怪訝そうに眉根を寄せた。

「……よくわからないけど、巫女様が消えたのは麻子の仕業だったってことかい？　そいつは我が孫とはいえ、許せないねぇ……」

そんな言葉に合わせるように、白装束の男たちがじりじりと展開する。

「さぁ、逃げ場はないよ。いなくなった巫女様たちを返してもらおうか……ヒィーッヒッヒ……」

言って、怪しく笑ってみせる。……正直、どちらが悪役かわからなかった。

だが麻子は、さして狼狽《うろた》える様子もなく、どちらかというと苛立《いらだ》たしげに髪をかき上げてみせた。

「ああ……それよ、それ。持って回った言い回しも、意味わかんない白装束も、怪しい笑い方も、全部が嫌い。大っ嫌い！

もういいわ――みんな、出てきて。小細工抜きで全部ブッ潰しちゃいましょう」

すると、麻子の言葉に応ずるように、木陰からスーツ姿の男たちが数名、姿を現した。

三〇代から四〇代くらいだろうか。皆血走った目をして、手に大小様々な刃物を携えている。恐らく、あの黒のワゴンに乗っていた者たちだろう。

突然の事態に、白装束の男たちが怯《ひる》んだように後ずさる。

が、そのうちの数名が、何かに気づいたように声を上げた。

「お、おめぇ……まさか田岡《たおか》さんとこの耕作《こうさく》か⁉　五年前村を出た……」

「そっちのおめぇは……達平《たっぺい》か！」

「正太《しょうた》、正太じゃねぇか！」

どうやらスーツの男たちは、皆村の出身者だったらしい。

しかしその表情に、懐古や親愛の情は一切見受けられない。あるのはただ、憎悪《ぞうお》と憤怒《ふんぬ》の色のみだった。

麻子が、ゆらりと頭を揺らし、狂三《くるみ》の方を見てくる。

「――何が目的かわからないって言ったわよね。――全部よ。この陰気臭い村をブッ潰して、水の底に沈めてやるのが私たちの目的よ」

麻子の言葉に、狂三は険しい表情を作った。

「なぜそんなにこの村を憎まれますの？　仮にもあなたたちの生まれ故郷なのでは？」

「うるさぁぁぁいっ！　長年付き合ってた恋人に『実家が因習村な人はちょっと……』って婚約破棄された私たちの気持ちがわかってたまるかぁぁぁぁぁ――っ！」

「…………」

それは普通に気の毒だった。狂三は渋い顔で汗を滲《にじ》ませた。

とはいえ、だからといって刃物を手にした集団を放っておくわけにもいかない。

このままでは刃傷沙汰《にんじょうざた》は避けられないだろう。狂三は小さく息をつくと、麻子に言葉を投げた。

「万一に備えて仲間を潜ませていたのは周到ですけれど――残念ながら、致命的に運がありませんでしたわね」

「……はぁ？　何言ってんのよあんた。不運なのはそっちでしょう？　よりによって今年巫女《みこ》役としてこの村に来るなんて、同情するわ」

「まあ――気づかないのも無理はありませんわ」

狂三は静かに言うと、麻子から奪い取った手袋を右手に着け、魔術工芸品《アーティファクト》目録に記されていた内容を思い起こしながら手を翻《ひるがえ》してみせた。

「こんな感じでしょうか。恐らく設定されたキーワードは『贄《にえ》』――逆から発音すると、『EIN《エイン》』――」

狂三が言った瞬間、狂三の前に、二人の少女が現れた。――十香と折紙だ。

まあ、正確には、狂三が魔術工芸品《アーティファクト》の効果を解除したことにより、二人の存在を皆が認

識できるようになっただけなのだが、傍《はた》から見ると狂三が二人を召喚したように見えたかもしれない。村人たちが驚愕の声を上げる。

するとそんな反応を受けてか、十香《とおか》と折紙《おりがみ》が目を丸くした。

「おお!?　もしや皆、私が見えているのか!?」

「よかった。ボイスチャットでマイクをオフにしながら喋《しゃべ》っている気分だった」

「それは……地味に辛《つら》そうですわね」

狂三は苦笑しながらも、ともあれ、と言葉を続けた。

「よくメッセージを残してくださいました。お陰で、魔術工芸品《アーティファクト》の正体を推測することができましたわ」

「――十香のお陰。音声も文字も認識されなくなっていたけれど、前日十香の膳が空になっていたことを思い出して、物理干渉が不可能ではないことに気づけた」

「む……？　よくわからないが、助けになったのならよかった！」

折紙の言葉に、十香が屈託のない笑みで応える。

それを見ながら、麻子はフンと鼻を鳴らした。

「……だから何？　女の子が二人増えたからって状況が変わるとでも？　むしろこっちからも認識できるようになった分ありがたいくらいよ」

麻子の声に合わせ、スーツの男たちがじりじりと距離を詰めてくる。

しかし狂三は至極落ち着いた調子で、存在感を取り戻した十香と折紙に声を投げた。

「――お願いします。できるだけ穏便に」

「うむ！」

「了解」

すると、次の瞬間。

「ぐあ……っ⁉」

「うおっ――⁉」

「ぶぎゃあああっ⁉」

二人が地面を蹴ったかと思うと、刃物を構えたスーツの男たちが、突然悲鳴を上げ、或《あ》いはその場に倒れ込み、或いは吹き飛ばされた。

数秒と待たず、全員が意識を失い、戦闘不能状態に陥ってしまう。

「へ……？」

麻子が、意味がわからないといった様子で目を点にする。

「な、何よこれ……何が起こってるっていうの⁉」

「……まあ、細かい説明は省きますけれど――」

予想通りの光景に、狂三はポリポリと頬を掻《か》きながら続けた。

「仮に全人類でバトルロイヤルをしたとして、恐らく上位二名に君臨するのが、あなたが存在感を奪った彼女たちなのですわ」

「は――――」

ポカンとした声を発すると同時。

麻子もまた、カクンと身体《からだ》を仰《の》け反らせ、完全に意識を失って沈黙した。

◇

――それから数日後。

東京に戻った狂三は、時崎《ときさき》探偵社で数枚の写真を眺めていた。

写真に写っているのは、白の巫女装束に身を包んだ狂三たちである。ちょうど神社の境《けい》内《だい》に組まれた舞台の上に並び、しらいと様に供え物を奉納しているところだった。

「――もう、先生たちだけずるいです。わたしも連れて行ってくれればよかったのに」

狂三の手元を覗《のぞ》き込みながら不満そうに言ったのは、眼鏡をかけた小学生くらいの少女だった。狂三の助手兼スポンサーのアヤである。

「仮にも大学生のアルバイトに、小学生を連れて行くわけにはいかないではありませんの。

魔術工芸品《アーティファクト》が絡《から》んでいるという保証があったわけでもありませんでしたし」

狂三がため息交じりに言うと、アヤは「むー」と唇を尖《とが》らせた。

「それはそうかもしれませんけど……わたしも先生たちの巫女さん姿を生で見たかったです」

「わたくしは二度と御免ですけれど」

狂三は苦笑しながら肩をすくめた。

そう。結論から言うと、あのあと奉納祭は、予定通り執り行われていたのである。

ちなみに、巫女が生贄《いけにえ》にされていたというのは真偽もあやふやな昔話であり、狂三たちは舞台の上で簡単な舞を踊って、供え物を神様に差し出すだけだった。

……そう。あの見るからに怪しい村は、本当にただただひたすら怪しいだけだったのである。

祠《ほこら》も白装束も童歌《わらべうた》も、ただ昔からあるものだったし、紬《つむぎ》の祖母の笑い方もただの癖だった。巫女を牢《ろう》に閉じ込めるというのも、本当にただの祭事の一部だったらしい。

滝行の際、紬が言葉を濁したのも、過去、村のあまりの怪しさに巫女役の少女が怖がってしまい、二度と村に来たがらなかったというだけの話らしかった。

「……なんだか、狐《きつね》に強めにつままれたような体験でしたわね」

と、狂三が遠い目で呟《つぶや》くと、それに合わせたようなタイミングで事務所の扉が開き、数名の少女たちが入ってきた。

「くくく、探求の社に八舞《やまい》推参！」

「訪問。お邪魔します、狂三」

噂《うわさ》をすればなんとやら。先日一緒に奇妙な旅を体験した、耶倶矢《かぐや》、夕弦《ゆづる》、十香、折紙である。その後ろに、発起人である紬の姿も見受けられた。

「あら皆さん。どうされましたの？」

狂三が言うと、紬がどこか気まずそうな顔をしながら歩み出てきた。

「いやー……この度はうちのお姉ちゃんがご迷惑をかけちゃって。実家からお詫《わ》びの品が送られてきたんでみんなに配ってたんだけど、時崎さんあんまり大学来てないみたいだから、みんなにお願いして連れてきてもらったの」

言って、手にしていた紙袋を差し出してくる。どうやらお菓子のようだ。

「あら、あら。これはご丁寧にありがとうございます」

狂三としては魔術工芸品《アーティファクト》を回収できただけでお釣りがくるくらいだったのだが、お詫びの品を突っぱねるのも印象が悪いだろう。素直に謝辞を述べて受け取る。

ちなみに麻子を始めとするスーツの集団は、銃刀法違反と暴行未遂で普通に捕まったらしい。今頃こってりと絞られているだろう。

「まあ……お姉様も気の毒な方でしたわね。ご実家との関係修復には時間がかかるかもしれませんけれど、いつか和解できることを願っておりますわ」

「うん……ありがとう。いろいろあったけど……唯一の姉妹だし」

紬が苦笑しながら言ってくる。

と、そこで狂三《くるみ》はふととあることを思い出し、眉を揺らした。

「あら。ご実家にいらっしゃった女の子は、妹さんではありませんの？」

「女の子？」

狂三が言うと、紬はキョトンと目を丸くした。

「ええ。着物を着た、小学生くらいの。鞠《まり》をつきながら童歌を歌っておられましたわ」

「……？　うちには、そんな子いないけど……」

「…………」

紬の言葉に、狂三は乾いた笑みを浮かべた。

「……世の中の不思議は、魔術工芸品《アーティファクト》の専売特許というわけではないようですわね」

The artifact crime files
kurumi tokisaki

Case File
V

未来に進むために使ってくださいまし

狂三メモリアル

「──先生、失《う》せ物探しって得意ですか……？」

「なんですの、藪《やぶ》から棒に」

ある冬の日。時崎《ときさき》探偵社の所長室兼応接スペースで所長・時崎狂三《くるみ》がお茶をしていると、助手兼スポンサーのアヤがそんなことを言ってきた。

片や絹の如《ごと》き黒髪と白磁の肌が特徴的な、上品そうな少女。片や髪を三つ編みに結わえ、眼鏡をかけた、小学生くらいの女の子である。探偵事務所という場所を考えると、少々ミスマッチな取り合わせではあった。

「失せ物探し……ということは、何かなくしてしまいましたの？」

「なくしたというか、あるはずのものがなかったというか……」

「……どういうことでして？」

狂三が問うと、アヤは指をくるくる回しながら続けてきた。

「実は昨日、家で家系図を探してたんです」

「家系図、ですの。一体どうしてまた」

「──蔵から散逸した魔術工芸品《アーティファクト》は、かつての我が家の当主と親交の深かった方々のもとに送られているケースが多かったでしょう。だから、わたしの知らない遠縁の親戚のもとに送られているものもあるかもしれないと思ったんです」

「ああ──なるほど」

狂三は得心がいったようにうなずいた。確かにそれは考えられるかもしれない。

でも、とアヤが続ける。

「いくら探しても見つからないんですよね。それどころか、アルバムの類も全然見当たらなくって。家の人に聞いてもみんな知らないって言いますし……」

「ふむ……」

狂三は小さく唸《うな》ると、考えを巡らせるようにあごに手を当てた。

「わたくし、あくまで名ばかりの探偵ですので、探し物が特別得意というわけではありませんけれど──それの在処《ありか》にはおおよそ当たりがつくかもしれませんわね」

「えっ、話を聞いただけでそこまでわかるものなんですか？　一体どこに……？」

アヤが首を傾《かし》げながら問うてくる。狂三はニッと唇の端を上げた。

「──せっかくですから、少し考えてみてくださいまし。一応、アヤさんは探偵助手なのですから。明日まで考えてわからなければヒントを差し上げますわ」

「むむ……が、頑張ります」

などと、二人が何くれとない話をしていると、点《つ》けっぱなしにしていたテレビから、聞き慣れた『天宮市《てんぐう》』という名が聞こえてきた。

「あら、あら。近所ですわね」

「何かあったんでしょうか」

カップをソーサーに落ち着け、テレビに視線をやる。画面には、幾つもの建物が連なった施設に、救急車が入っていく様子が映し出されていた。

『――昨日午後三時頃、先月オープンした複合商業施設「ルミナス南天宮」で、倒れている人がいるとの通報があり、救急車が出動する事態となりました。なお、同施設では原因不明の昏睡《こんすい》事件が頻発しており、運営会社は原因を調べているとのことです――』

女性キャスターの落ち着いた声音で、そんなニュースが読み上げられる。なんとも物騒な事件である。狂三とアヤはどちらからともなく視線を交じらせた。

と。

「――あら？」

そんなとき、不意にノックの音がして、狂三は入り口の方に振り向いた。

この事務所を訪れる客はそう多くない。小さく首を捻《ひね》りながら声を発する。

「どうぞ。開いていますわ」

するとその声に応えるように扉が開かれ、胡乱《うろん》極まる佇《たたず》まいの人影が姿を現した。

一つ結びの長い髪。丸い黒眼鏡《サングラス》。濃色の和服を纏《まと》った長身の女性である。

「——やあやあ時崎くん。今日も今日とて元気そうで何よりだ」

気安い笑顔でそう言って、女性がのしのしと事務所に入り込んでくる。その姿に、狂三は怪訝《けげん》そうに眉根を寄せた。

「……玲門《れもん》さん？」

そう。そこにいたのは自称未来探偵・永劫寺《えいごうじ》玲門その人だったのである。

「珍しいですわね。入り口から入ってくるだなんて」

「ああ、言われてみれば」

狂三が言うと、アヤがポンと手を打った。そう。玲門といえば神出鬼没の代名詞。音もなく現れ、気づけばいつの間にかそこにいる——ということも少なくなかったのである。今日のようにきちんとノックをして入り口から入ってくるのは初めてのような気がした。

狂三たちの言葉に、玲門はふっと笑いながら肩をすくめた。

「そういう日もあるさ。特に今日は木曜日だしね」

「……曜日が関係ありますの？」

半眼を作りながら言って、思い直すように首を横に振る。胡散臭《うさんくさ》さの権化《ごんげ》たる玲門の軽口に、整合性などを求めても仕方がない。

「それより、何かご用でして？　今は何も依頼を請け負っていませんけれど」

狂三は腕組みしながら続けた。

ここ数ヶ月、よく顔を合わせる玲門であるが、この事務所に彼女が現れるのは、決まって狂三が何らかの調査を依頼され、受けるか否《いな》かを迷っているときだったのである。

すると玲門は、そこで何かに気づいたように、視線をテレビの方にやった。

「ああ――ちょうどやっているね。それだ」

「それ？」

「うん。実は昏睡事件の起こっている施設の運営会社から調査依頼を受けたんだ」

「調査依頼……？　探偵である玲門さんに、ですの？」

狂三は首を傾げた。件《くだん》の複合商業施設で昏睡事件が起こっているのは確からしかったが、医療機関や建築の専門家などではなく、探偵（しかもだいぶ怪しめ）に原因の調査を依頼するのは不自然に思えたのである。

そんな狂三の意図を察したのか、玲門は大仰にうなずきながら返してきた。

「既に一通り調査は行ったようだ。ただ、何をどう調べても原因がわからなかったらしい。そこで白羽の矢が立ったのが――この未来探偵・永劫寺玲門だったというわけさ」

「なるほど、溺れる者の前に漂っていた藁《わら》、ということですわね」

「せめて葦《あし》と言ってくれるかな」

狂三の皮肉に、玲門が不敵に微笑《ほほえ》みながら返してくる。狂三はふうとため息をついた。

「どちらでも構いませんけれど、結局玲門さんはなぜここに？」

「ああ。時崎くんにも一緒に調査に参加してもらおうと思ってね」

「…………は？」

当然の如くさらりと言った玲門に、狂三はぽかんと口を開けた。

「……一応聞きますけれど、なぜそうなりますの？」

「何しろルミナス南天宮は広いからね。人手が欲しいんだ。一人では大変だろう？」

「……玲門さんは未来探偵の触れ込みで売っているのでしたわよね？」

「未来視は喩《たと》えるならお告げのようなものでね。見たいものを全て見られるわけじゃあないんだ。見えない部分に関しては、足で埋めるしかないのさ。華麗に犯人を言い当てるだけが探偵ではないよ時崎くん」

「…………」

人を食ったような玲門の受け答えに、狂三は眉根を寄せた。半ば無意識のうちに断りの文句が口をついて出そうになる。

が、狂三は考え直した。果てしなく胡乱な玲門ではあるが、彼女が狂三の前に姿を現すときは、決まって『とあるもの』が絡《から》んでいたのである。

「――わざわざわたくしにそんな話を持ってくるということは、ただの事件というわけではないのでしょう?」

狂三が腕組みしながら問うと、玲門はニッと唇の端を上げた。

「――魔術工芸品《アーティファクト》『エリクシルの釜』」

「……っ」

「それは――」

狂三とアヤが息を詰まらせると、玲門が黒眼鏡を押し上げながら続けてくる。

「大地の霊脈に設置することでその力を少しずつ吸い上げ、結晶化させる魔術工芸品《アーティファクト》さ。恐らく何者かがそれを悪用し、霊脈ではなく人間から、生命エネルギーを吸い上げている。外傷一つない昏睡は、典型的な魔力欠乏の症状だ。犯人の目的が何かはわからないが、このまま放置しておけば、最悪死者が出るだろう」

――魔術工芸品《アーティファクト》。

それは、かつて魔術師が作り上げたと言われる、人智《じんち》を超えた力を持つ器物《アイテム》である。

魔術師であったアヤの先祖は、館の蔵に様々な魔術工芸品《アーティファクト》を蒐集《しゅうしゅう》・保管していたという。

しかし数ヶ月前、とある事件によって、蔵に収蔵されていた多くの魔術工芸品《アーティファクト》が、世に散逸してしまうこととなった。

魔術工芸品《アーティファクト》の中には、現代の科学では説明不可能な現象を起こすものも少なくない。もしも悪意ある者がそれを使用すれば、容易に完全犯罪を起こせてしまうだろう。

そんな事件を暴くため、そして散逸した魔術工芸品《アーティファクト》を回収するために設立されたのが、この時崎探偵社だったのである。

「……もし本当に魔術工芸品《アーティファクト》が絡んでいるのだとしたら、こちらに断る理由はありませんわ。ですが、わたくしたちが魔術工芸品《アーティファクト》を蒐集していることは玲門さんもご存じのはず。事件を解決したとしても、報酬の配分で揉《も》めることになるのでは？」

狂三が言うと、玲門は黒眼鏡越しにその視線を受け止めたのち、ふっと頬を緩めた。

「無論承知しているさ。回収した魔術工芸品《アーティファクト》は君たちに譲ると約束しよう」

「……本気ですの？」

「ああ。僕は君たちと違って、魔術工芸品《アーティファクト》を安全に保管しておけるような設備を持っていないのでね。――ただ申し訳ないが、その分金銭的な報酬は僕が独占させてもらうよ」

「…………」

狂三はジッと玲門を見つめた。――その腹の底を探ろうとするように。

一体どれくらいの報酬が約束されているのかは知らないが、魔術工芸品《アーティファクト》の価値と見合うとは到底思えない。仮に自分で使用しないとしても、上手《うま》く売り捌《さば》けば一財産にはなるだろう。一体何を考えているのだろうか。

とはいえ、如何《いか》に怪しかろうと、魔術工芸品《アーティファクト》が絡んでいるのならば断る選択肢はない。

「いいでしょう。あなたにどんな狙いがあるのかは知りませんが、魔術工芸品《アーティファクト》が手に入るのなら些末《さまつ》なことです。協力させていただきますわ」

狂三《くるみ》はこくりと首を前に倒すと、そう宣言した。玲門が満足げに微笑む。

「ありがとう。君ならそう言ってくれると思っていた。――では、明日の一四時五〇分に、ルミナス南天宮に来てくれ。先方には話を通してある」

「ええ。了解しましたわ。アヤさんも、大丈夫ですわね？」

「はい、もちろんです。お供させていただきます」

狂三の言葉にアヤが元気よく答える。

玲門は大仰に首肯してその場を去ろうとし、そこで何かを思い出したように足を止めた。

「ああ、そうだ。ついでと言ってはなんだが、実は二人に見せたいものがあるんだ。見送りがてら、下まで来てくれるかい？」

「見せたいもの……？」

玲門がわざわざこんなことを言ってくるのは珍しい。狂三はリモコンでテレビの電源を切ると、ソファから腰を上げた。ハンガーラックにかかっていたコートを肩に引っかけ、玲門のあとを追うようにして事務所から出る。狂三に続くように外に出たアヤが、律儀《りちぎ》に扉に鍵をかけた。

そのまま階段を降り、外に出る。冷たい空気が狂三たちを包み込んだ。

「それで、見せたいものとは一体なんですの？」

狂三が問うと、玲門はビルの前に停《と》まっていた車の横まで歩いていった。

随分珍しい——というか、古めかしいデザインの車である。車体に曲線が少なく、箱を組み合わせたかのような趣があった。所謂《いわゆる》クラシック・カーというやつだろう。

「どうだい？」

「どう、とは？」

狂三が眉根を寄せながら問うと、玲門はどこかうっとりした調子で車体を撫《な》でた。

「長年探していたのだけれどね、ようやく手に入れることができたんだ。ここまでの極美品はなかなかお目にかかれないよ。ああっ、たまらないね。この無骨なデザイン。油臭い駆動系。近所迷惑なエンジン音。環境にまったく配慮していない真っ黒な排気ガス……」

「それって褒めてます……？」

アヤが額に汗を滲《にじ》ませながら苦笑する。玲門はもちろん、と大仰にうなずいてみせた。

「……まさか、見せたいものというのはその車のことでして？」

「いや、念願叶《かな》って手に入れることができたので、この喜びを共有したくてね。せっかくの機会だし、ドライブでもどうだい？　エキサイティングなひとときを約束するよ？」

玲門が無邪気な調子で言ってくる。狂三は小さく肩をすくめながら息をついた。

「せっかくですけれど遠慮しておきますわ。明日の調査に向けていろいろと準備もしておきたいですし。——行きますわよ、アヤさん」

「あ……はい。じゃあ、失礼します」

狂三がくるりと玲門に背を向けると、アヤは小さく頭を下げてからあとを付いてきた。

その背に、玲門の意外そうな声がかけられる。

「えっ⁉　本当に乗らなくていいのかい？　おーい、時崎《ときさき》くん、アヤくーん⁉」

狂三はその未練がましい叫びにヒラヒラと手を振って返すと、そのまま階段を上り、事務所へと戻った。アヤに扉の鍵を開けてもらい、温かい室内へと足を踏み入れる。

と——

「…………っ！」

そこで、狂三は小さく息を詰まらせ、足を止めた。

理由は単純。鍵を閉めて出たはずの事務所の中に、『先客』がいたからだ。

「――玲門《れもん》さん？」

狂三は眉根を寄せながらその人物の名を呼んだ。

そう。そこには、つい今し方ビルの前で別れたはずの玲門の姿があったのである。

扉の鍵はアヤが閉めていたはずだ。窓も施錠《せじょう》されている。一体どこから入ったというのだろうか。しかも狂三たちよりも早く、だ。

とはいえ、玲門が神出鬼没なのは今に始まったことではない。あまり驚いている姿を見せるのも癪《しゃく》だったので、努めて落ち着いた風を装《よそお》い、やれやれと息をついてみせる。

「まだ何かご用でして？　いくら粘られても、お付き合いするつもりはありませんわよ」

すると玲門は、その言葉に応ずるようにニッと微笑んでみせた。

「――うん。協力感謝するよ。では、ルミナス南天宮《みなみてんぐう》で会おう」

「……は？」

玲門の反応に、狂三は怪訝《けげん》そうな顔を作った。

どうも、会話が噛《か》み合っていないような気がしたのである。

狂三はふと気になって、部屋を横切り、道に面した窓を覗《のぞ》き込んだ。

先ほどまで停まっていた玲門の車がなくなっている。普通に考えれば出発したのだろうと思うのが自然だが、もしそうだとするとなおのこと玲門がここにいることに説明が付かなくなってしまう。

「あ——！　せ、先生」

と、狂三と一緒に窓を覗き込んでいたアヤが、不意に声を上げてくる。

それに弾《はじ》かれるように後方に視線を戻し——狂三は目を丸くした。

先ほどまでそこにいた玲門が、いつの間にかいなくなっていたのである。

扉が開けられた形跡はおろか、足音すらなかった。狂三たちが目を離していた一瞬の隙に、霞《かすみ》の如《ごと》く消えてしまったかのような有様《ありさま》だ。

「……もしや、今のは……いえ、でも、まさかそんなことが……？」

狂三はしばしの間思案を巡らせると、やがて顔を上げ、身支度を整え始めた。

「先生、どちらへ？」

「——野暮用ですわ。アヤさんは、明日の準備をしておいてくださいまし」

狂三はそう言い残し、事務所を出ていった。

◇

翌日、一四時五〇分。

狂三とアヤは天宮市南部に位置する大型複合商業施設、ルミナス南天宮を訪れていた。

「わあ……思ったより大きいんですね。なんだかテーマパークみたいです」

可愛《かわい》らしいデザインのコートに身を包んだアヤが、目を輝かせながら言ってくる。普段はどこか大人びて見える彼女の、年相応の反応に、狂三はふっと頰を緩ませた。

「テーマパーク──というのは言い得て妙かもしれませんわね」

言いながら、狂三は目の前に広がる建造物の群れを見渡した。

郊外特有の広大な土地に、幾つもの店舗が整然と列をなしている。狂三たちのいるノースエリアはアウトレットモールになっており、お値打ちのブランド品や、ここでしか手に入らない限定品などが取り扱われているらしい。そこを抜けた先にあるサウスエリアには、複合映画館《シネマコンプレックス》やホテル、飲食店などが軒を連ねているとのことだ。

平日だというのに、カップルや家族連れなど、かなりの数の客が見受けられる。連続昏《こん》睡《すい》事件のことを知らないのか、それとも知った上で、自分が被害に遭うとは微塵《みじん》も考えていないのか──どちらにせよ吞気《のんき》なことである。

まあ、それを言うならば、昏睡事件が起こっているというのにしれっと営業を続けている運営側の企業倫理をこそ問うべきかもしれなかったけれど。

「さて、玲門さんはどちらにおられるのでしょう」

「——おーい、こっちだ」

と、狂三がそう言ったところで、タイミングよくそんな声が聞こえてきた。

見やるとそこに、玲門と、スーツの上にコートを羽織った眼鏡の女性がいることがわかる。多分玲門に依頼をしたという、運営会社の人間だろう。

「よく来てくれたね二人とも。紹介しよう。こちら、運営会社の川辺《かわべ》さんだ」

玲門が言うと、女性は畏《かしこ》まった様子でぺこりと頭を下げながら、名刺を差し出してきた。

「ど、どうも。株式会社ルミナテックの川辺幸栄《ゆきえ》です。永劫寺《えいごうじ》さんからお話は伺っています。本日はどうぞよろしくお願いします……」

「これはご丁寧にどうも。ただ、生憎《あいにく》わたくし、名刺を持ち歩いておりませんの——」

「——先生、これを」

と、そこでアヤが、どこか得意げに、カードケースを差し出してきた。

「……アヤさん、これは？」

「名刺です。必要かと思って作っておきました」

「…………」

狂三は頬をぴくつかせながら汗を滲ませた。心遣いはありがたいのだが、その名刺が、黒地に赤と金で印刷された、妙に格好いいデザインだったのである。フォントがやけに凝

っていて、極めつけと言わんばかりに、背景に時計の意匠まで施されている。

正直今すぐ懐《ふところ》にしまい込みたい代物だったが、わざわざアヤが用意してくれたものである。狂三は諦めたように息をつくと、その名刺を幸栄に手渡した。

「……よろしくお願いしますわ」

「『不思議なお悩み、解決します。魔術探偵・時崎狂三』……」

「読み上げないでくださいまし」

狂三が頬を赤くしながら言うと、玲門が可笑《おか》しそうにあははと笑った。

「さて、何はともあれ役者は揃《そろ》った。早速調査に取りかかろうじゃあないか」

「……ええ。ただ、その前に事件の詳細を伺っても？　わたくし、つい昨日玲門さんに協力を頼まれたばかりなので、ニュースで流れている以上のことを存じませんの」

狂三が言うと、幸栄は周囲の様子を気にするように視線を巡らせてからうなずいた。

「わかりました。……ただ、ここではなんですので、場所を移しましょう」

言って、狂三たちを促すように施設内に歩いていく。

まあ、ここは入り口であるため人通りも多い。施設内での昏睡事件の話をするには適さないだろう。狂三は了承するように首肯し、幸栄のあとを付いていった。

と――

「……あら？」

その道中、一際《ひときわ》人の数が多い場所に差し掛かり、狂三《くるみ》は足を止めた。

そこは、ノースエリアの中心に位置する広場だった。大きな仕掛け時計と、女神や天使を模して作られたと思《おぼ》しき噴水が、どんと鎮座している。

そしてそこに集まった人々は、何かを待ちわびるように、その時計と噴水にスマートフォンやカメラを向けていた。

「随分人が集まっていますわね。何かありますの？」

「ああ、見ててください。そろそろ始まりますよ」

なんとはなしに狂三が言うと、幸栄がそう答えてきた。

すると、次の瞬間。大時計の針が三時を指し示したかと思うと、鐘の音が三つ鳴り響き、時計の周りから機械仕掛《じか》けの人形が現れて、軽快な音楽とともにダンスを踊り始めた。

それだけではない。噴水中央の女神像が、掲げていた水瓶《みずがめ》を傾けたかと思うと、そこから水が流れ出し、噴水がリズミカルに強弱を付けて踊るように噴き出し始めたのである。

どうやら、時計に連動した仕掛けらしい。周囲の客たちから歓声と拍手が上がった。

「わあ――綺麗《きれい》です」

「ほうほう。なかなか見事なものだ」

アヤと玲門が感想を述べると、幸栄がどこか嬉《うれ》しそうに頬を緩めた。

「ありがとうございます。一日一回、午後三時に行われる、当施設の名物です。これを目当てに来られる方もいらっしゃいます」

「ふむ……なかなか個性的なデザインですわね？」

狂三は仕掛け時計と噴水のオブジェを見ながらそう言った。遠目から見ると美しいシルエットをしているのだが、よくよく見ると、半端《はんぱ》な銅板を継ぎ合わせていたり、歪《いびつ》なパーツを使用しているような気がしたのだ。

「わかりますか。あれは天宮市出身のアーティスト、番場伴蔵《ばんばばんぞう》氏が、瓦礫《がれき》や廃材を利用して作られたものだそうです」

「なぜわざわざそんなものを材料に？」

「ここは南関東大空災の被災地ですから。あの悲劇を忘れないために、そして二度とあのような災害で失われる命がないように——という願いを込めたとかで」

「……なるほど」

幸栄の言葉に、狂三は静かにうなずいた。

南関東大空災とは、今から三二年ほど前に起こった大規模空間震のことである。東京都南部から神奈川県北部にかかる一帯を、一瞬にして更地に変えた未曽有《みぞう》の大災害。……詳細は省くが、その原因に少なからず縁のある狂三としては、なかなか複雑な心境だった。

「先生？　どうかしましたか？」

「……いえ、なんでもありませんわ。それよりも、調査に向かいましょう」

時計と噴水の仕掛けは、一分ほどで終了していた。時計の周りで踊っていた人形は姿を消し、噴水の水もいつも通りの勢いに戻っている。女神像の持っていた水瓶からも、既に水は流れていなかった。周囲にいた観客たちも、満足したように辺りに散っていく。

狂三たちはその流れに乗るようにして、歩みを再開した。

数分後。広場のほど近くにあるインフォメーションセンター奥の扉をくぐり、ひとけの無い事務室へと至る。

幸栄はふうと息をつくと、持参していた鞄《かばん》から様々な書類を取り出した。

「ええと、それでは詳細を説明しますが……くれぐれも内密にお願いします」

「もちろんですわ」

狂三の言葉に合わせ、アヤもまた首肯する。幸栄は少し躊躇《ためら》いがちに言葉を続けた。

「当施設……ルミナス南天宮は、今からおよそひと月前にオープンした複合商業施設です。豊富な店舗群と充実したアクティビティを取り揃え……」

「施設の説明はいいので、要点だけ教えてくださいまし。――昏睡事件が起こった場所は、具体的に施設のどの辺りですの？」

「は、はい……」

狂三が言うと、幸栄は少し慌てた様子で、ファイルから施設の地図を取り出し、机の上に広げてみせた。赤いペンで、幾つか丸が書かれている。恐らくそれが事件の現場ということだろう。というか――

「……随分と多いですわね？」

地図に視線を落としながら狂三は汗を滲《にじ》ませた。連続昏睡事件という以上、複数回起こっているのだろうと覚悟はしていたが、思った以上に地図上のマーキングが多かったのである。目算だが、三〇個近くはあるのではないだろうか。

「オープン一ヶ月でこの数ということは、ほぼ毎日被害が出ているのでは……？」

「は、はあ……恥ずかしながら……」

「……一度施設を閉鎖して徹底的に調査した方がよろしいのでは？」

狂三が言うと、幸栄は「う……っ」と身を反らした。

「そ、それは……まったく耳が痛い限りなのですが、『一日休業するだけで一体いくらの損失が出るのかわかっているのか』『確かに昏睡事件は起こっているが、全て同じ原因とは限らないのだから休む必要はない』と上から言われておりまして……。現場スタッフさんは『早く原因を特定してくれないと安心して働けない』『事件が続くようならボイコットも辞さない』と言っていて、もうどうしたらいいかわからず……」

顔中に夥《おびただ》しい量の汗を浮かべながら、幸栄がか細い声を上げる。

狂三は「……そうですの」と乾いた反応を返すことしかできなかった。

「施設側の対応はあまり褒められたものではありませんけれど、状況は理解いたしました。地図をよく見せてくださいまし」

「あ……はい」

幸栄が差し出してきた地図に視線を落とす。赤い印が記されている場所は、アウトレットモールであったり、ホテルであったり、映画館であったりとまちまちだった。

「玲門《れもん》さん。一応確認しておきますけれど、通り魔的な犯行という可能性は？」

「監視カメラの映像は見せてもらったが、少なくとも不審な人物は確認できなかった。ちなみに、被害者の年齢、性別などに偏りはない。皆、何者かに襲われたといった記憶はなく、突然意識が遠のいたと証言している。知っての通り、外傷なども見られない。しばらく経《た》ったあとに意識を取り戻してはいるが、強い倦怠《けんたい》感や脱力感が残っているそうだ」

「ふむ……」

狂三はあごに手を当てながら小さく唸《うな》った。

霊脈に設置することにより、そこに流れる力を吸い上げる魔術工芸品《アーティファクト》『エリクシルの釜』。玲門の言葉を信じるのなら、それはこの施設のどこかに仕掛けられていると考えるのが自然だろう。そしてあたかも蜘蛛《くも》の巣の如《ごと》く、獲物がかかるのを待っている。その腹に、人々から吸い上げた生命力を蓄えながら。

狂三はスマートフォンを取り出すと、地図の写真を撮ったのち、顔を上げた。

「――事件の概要は理解できました。早速調査に入らせていただきますわ」

「は、はい。どうかよろしくお願いします」

「とはいえ、かなり数が多いご様子。二手に分かれた方が効率がよさそうですわね」

「そうですね……あ、ただ、サウスエリアのホテルは、私がご案内した方がよいかと思います。部屋の中の調査をする際は手続きが必要になりますし……」

幸栄の言葉に、狂三は「なるほど」とうなずいた。

「では、ノースエリアの調査を終えたら合流するといたしましょう。わたくしとアヤさんで東側を確認しますので、玲門さんと幸栄さんは西側をお願いしますわ」

狂三が言うと、三人は異存ないというように首肯してきた。

「では、のちほど。何かありましたら名刺の番号に連絡をくださいまし」

「ああ。よろしく頼むよ」

短い挨拶を交わし、狂三はアヤとともに事務室を出た。

関係者エリアを抜けると、まるで別世界のような喧噪《けんそう》が狂三たちを出迎えた。帯状に広がった建物に様々なブランドショップが並び、幾人もの人々が行き来している。

狂三は頭の中で先ほどの地図を思い起こすと、ここから最も近い位置へと進路を取った。

歩くことおよそ五分。件《くだん》の現場へと到着する。

「ここ――ですわね」

狂三は小さくうなりながら、周囲の様子を確認するように見回した。

そこは、女子トイレの手洗い場だった。壁に大きな鏡が設《しつら》えられ、その前に蛇口が整然と並んでいる。脇にはハンドソープのディスペンサーが取り付けられていた。

「そのようです。資料によると、ここで三人目の昏睡《こんすい》者が出ています。右から二番目の蛇口前ですね。見たところ、おかしな点はなさそうですけど……」

アヤが、先ほど撮影した資料の画像を見ながら言ってくる。

と。

「ここだ。今から二七日前の一五時頃、三〇代の女性が、手を洗っている最中に意識を失って倒れてしまったらしい」

そこでぬっと何者かのシルエットが現れたかと思うと、興味深げな顔でそう呟《つぶや》いた。

黒眼鏡に暗色の着物を纏《まと》った長身の女性――玲門だ。

「きゃっ」

「……玲門さん？」

アヤが驚いたように肩を震わせ、狂三が訝《いぶか》しげに目を細める。

しかし玲門は、特に気にする様子もなく言葉を続けた。

「ふうむ、なんとも奇っ怪な事件もあったものだね」

「ど、どうしたんですか？　幸栄《ゆきえ》さんと一緒に西側の調査に向かわれたんじゃ……」

「さて、一体犯人はどのようにして犯行に及んだのかな。これは腕の見せどころだ」

アヤが問うも、玲門はあごを撫《な》でながらそう言うのみだった。……なんだか微妙に会話が通じていない気がした。

「どうしたんでしょう、先生……」

「ふむ……まあ、玲門さんがおかしいのは今に始まったことではありません。放っておきましょう。それよりも、念のため現場の写真を撮っておいてくださいまし、アヤさん」

「は、はあ……」

狂三が言うと、アヤは不思議そうな顔をしながらも撮影を始めた。

ふと玲門の方を見ると、いつの間にかその姿は見えなくなっていた。

◇

それからおよそ三時間後。

「さて……ここが最後でしょうか」

別行動を取っていた玲門、幸栄と合流した狂三《くるみ》は、サウスエリアにあるホテルの一室で呟くように言った。

一二階に位置する部屋の浴室である。トイレとバスタブ、洗面台が一体となったユニットバスタイプで、中央を仕切るように防水カーテンが設えられていた。

「ああ。ここで一九人目の昏睡者が出ている。本人の証言によると、シャワーを浴びている最中に気を失ってしまったそうだ。アウトレットモールのトイレなどと違い人目がないからね。発見が遅れたため、ついでに風邪を引いてしまったらしい」

「それはお気の毒に」

狂三は気のない返事をしながら、周囲を見回し考えを巡らせた。

まだ犯人がどのような手段で事件を起こしているかまではわからなかったが、直接現場を調査した結果、一つの共通点が見えてきたのである。

「アヤさん。今まで見てきた現場の写真を見せてくださいまし」

「あ、はい。どうぞ」

アヤがスマートフォンを手渡してくる。狂三はカメラロールを手早く繰っていった。

「手洗い場、水飲み場、レストランの厨房《ちゅうぼう》、流し台、ホテルのユニットバス——」

そして、表示される写真に収められた場所の名前を呟きながら、アヤに視線を向ける。

「場所は違えど、共通点が見えてきましたわね」

「共通点……ですか。あ——」

狂三が言うと、アヤが何かに気づいたように目を丸くした。

「事件現場が全部、水回り……ですね」

「その通りですわ」

アヤの回答に、狂三は首肯を以《もっ》て応じた。

「一箇所や二箇所ならばまだしも、これだけの数の現場に共通しているとなれば、無関係とは思えませんわね」

「……！　ま、まさか、水に毒が……!?」

狂三の言葉に、幸栄がさぁっと顔を青くする。狂三は目を伏せながら首を横に振った。

「それは考えづらいでしょう。もし毒物やそれに類するものが混入していたとしたら、医療機関の調査で発見されているはずですし、何より被害者の数が少なすぎますわ。それこそ、二つ三つ桁が違うでしょう。営業休止どころでは済みませんわよ」

「………ひんッ――」

肩をすくめながら狂三が言うと、安堵《あんど》しかけていた幸栄が再び顔面を蒼白《そうはく》にした。その場にくずおれそうになるのを、玲門に支えられる。

「落ち着きたまえ。君が次の昏睡被害者になるつもりかい？」

「す、すみません……」

よろめきながらも、幸栄が体勢を立て直す。狂三はそれを横目に考えを巡らせた。

「玲門さん。『エリクシルの釜』とは、霊脈に設置されることにより、そこに流れる力を吸い上げる魔術工芸品《アーティファクト》でしたわね。もしそれが生物の生命力を吸ってしまうことがあるとしたなら、一体どのようなケースが考えられるでしょう」

「ふむ……恐らく、『エリクシルの釜』が設置された霊脈に触れてしまった場合だろうね。とはいえ霊脈とは、通常地中深くに存在する目に見えない力の流れだ。普通はそうそう起こりえないことだと思うけれど」

狂三の問いに、玲門が答えてくる。魔術工芸品《アーティファクト》の説明まではされていなかったのか、幸栄がキョトンと目を丸くしていた。

「そう。流れ――霊脈とは詰まるところ、力の流れなのです。そして、昏睡者は必ず、施設内の水回りで出ている。この二つを結ぶもの。それはすなわち――」

狂三が言うと、玲門が何かに気づいたようにハッと肩を震わせた。

「――水道管か！」

「ご名答」

狂三は大仰にうなずくと、スマートフォンに施設の地図を表示させた。

「昏睡事件の現場は施設内にバラバラに点在しているように見えましたが、水道管という一つの道によって繋《つな》がっていたのです。そして被害者は全員、疑似霊脈とでも呼ぶべき水流に触れることによって、力を『釜』に吸われてしまったのではないでしょうか」

「……そういうことか。確かにそれならば辻褄《つじつま》が合う」

「え、ええと……よくわからないんですけど、つまりどういうことですか……？」

幸栄が困惑気味に、狂三と玲門の顔を交互に見てくる。

あまり詳しい事情を説明するわけにもいかなかったが、仮にも彼女は今回の事件の依頼人《クライアント》だ。狂三は頬をかきながら、掻《か》い摘まんで説明をした。

「簡単に言うと、昏睡事件の原因となるものは、水道管、或《あ》いはその中を流れる水に面したどこかにあると思われる、ということですわ」

「な、なるほど……？　で、それって一体どこなんです……？」

「それはまだわかりませんわ」

狂三が言うと、幸栄はわかりやすく肩をコケさせた。

が、そのときである。

建物の外から救急車のサイレンが聞こえてきて、狂三たちは小さく息を詰まらせた。

「…………！」

「救急車――ですの？」

「そのようだ。しかも、こちらに向かっている。これはもしや……」

狂三と玲門《れもん》、アヤはこくりとうなずき合うと、足早に部屋から出ていった。幸栄が慌てた様子であとを追ってくる。

「ど、どうしたんですか、一体！」

「今日の被害者が出たのかもしれませんわ！」

狂三が言うと、幸栄はそこでようやくその可能性に気づいたように目を見開いた。

と、廊下を抜け、エレベーターに乗ってロビーに辿《たど》り着いたところで、狂三は足を止めた。そこに、ホテルの従業員と思《おぼ》しき人たちが集まっていたのである。

「何かあったんですか⁉」

「あ――川辺《かわべ》さん！」

幸栄が声をかけると、長身の男性が周囲を気にするように声をひそめながら返してきた。

「実は、五〇二号室のお客様が……その、気を失った状態で発見されまして……」

「……！　詳しく教えてくださいまし」

狂三が会話に割り込むように言うと、男性は小声のまま続けてきた。

「先ほどお客様のお連れ様が、友人と待ち合わせしているのに連絡が取れない、何かあったのかもしれないから確認してくれないかと仰《おっしゃ》られまして。念のためお部屋に伺ったところ、お客様がバスタブで失神されているのを発見し、救急車を呼んだ次第です……」

「バスタブ、ですの。もしやそのとき、シャワーは出しっぱなしになっていたのでは？」

「え、あ、はい。その通りです。なぜわかったんですか？」

──やはりか。仮説を裏付ける状況に目を細めながら、狂三は続けた。

「勘だと思ってくださいまし。それより、気を失われたのはいつ頃かわかりまして？」

「正確にはわかりませんが……お連れ様の話では、一四時五五分まではメッセージに既読が付いていたそうです。なので、恐らく倒れられたのは一五時前後ではないかと……」

「────」

奇妙な符合。狂三はぴくりと眉を揺らした。

「先生……？　どうかしましたか？」

「――幸栄さん。トイレの手洗い場で事件が起こったのは、何時頃でしたでしょうか」

狂三が問うと、幸栄は慌ただしく鞄《かばん》から資料を取り出し、答えてきた。

「一五時頃ですね……」

「では、他の場所は？」

「ええと……水飲み場の事件が起こったのが一五時頃、レストランの厨房が一五時頃、流し台の事件が一五時頃――」

そこで、幸栄が目を丸くしてくる。狂三は苦笑しながら額に手を当てた。

「……なぜこんな単純なことに気づかなかったのでしょう。我ながら間が抜けておりますわね。――犯人は被害者の数を絞っていたのではありません。その瞬間しか、魔術工芸品《アーティファクト》の力を発揮することができなかったのですわ」

「先生、ということは――」

アヤが目を見開きながら言ってくる。狂三は、こくりと首を前に倒しながら宣言した。

「ええ。――推理の時は刻まれましたわ」

◇

「――さて、時崎《ときさき》くん。約束の時間だ。話の続きを聞こうじゃないか」

二一時。薄暗いノースエリアの広場で、玲門は腕組みしながら呟《つぶや》いた。

サウスエリアのホテルや映画館はまだ営業しているものの、アウトレットモールを主とするノースエリアは既に営業が終了している。昼間の喧噪《けんそう》が嘘《うそ》のように、辺りはシンと静まりかえっていた。

月明かりと、疎《まば》らな外灯のみで照らされた広場にいるのは、狂三、アヤ、そして玲門の三人のみだ。ホテルでの調査のあと、狂三がいろいろ準備をする必要があると言ったため、一旦解散したのち、再度結集していたのである。

「ところで、川辺さんは？」

玲門が周囲を見回しながら問うと、狂三は薄い笑みを浮かべながら言った。

「川辺さんには別の時間を伝えてありますわ。二二時頃にはいらっしゃるのではないかと思います。――ご納得いただけるように説明をするのが難しいこともありますし」

「ほう」

狂三の言葉に、玲門は目を細めた。

「それはつまり――魔術工芸品《アーティファクト》の在処《ありか》がわかった、ということだね？」

「…………」

玲門の問いに、狂三はニッと唇の端を上げることで応えてきた。

「口で説明するよりも、見ていただいた方が早いでしょう」

そしてそう言うと、狂三《くるみ》は履いていた靴を脱ぎ始めた。その後靴下をも脱いで靴の中へと放り込み、素足になる。

奇妙な行動に玲門が首を捻《ひね》っていると、狂三はスカートの裾を持ち上げ、そのままゆっくりと足を上げて、噴水に溜《た》まった水の中へと入っていった。

「うふふ、さすがに冷たいですわね」

「時崎くん……？」

玲門が眉根を寄せながら言うと、狂三は振り向きながら返してきた。

「よろしければ、玲門さんもどうぞ。もちろん無理にとは申しませんけれど——その場合、魔術工芸品《アーティファクト》の恩恵を得られるのはわたくしのみということになりますわね」

「ふむ……？」

玲門はあごを撫《な》でながらしばし思案したが、やがて狂三に倣《なら》うようにブーツと靴下を脱いで、袴《はかま》を持ち上げるようにしながら噴水に入っていった。

魔術工芸品《アーティファクト》が水流を通して魔力を吸い上げている可能性がある以上、施設内の水に触れるのには細心の注意を払うべきではあった。しかし、何かを摑《つか》んだと思しき狂三が先に入っているのならば、安全は担保されているのだろう。何より、魔術工芸品《アーティファクト》の恩恵と言われては無視するわけにもいかなかったのである。

刺すように冷たい水が、素足に纏《まと》わり付く。玲門はぶるっと身体《からだ》を震わせながら、狂三の方を向いた。噴水の女神像を挟むようにして、二人が相対する。

「さて、これでいいかな。一体何が起こるというんだい？」

「見てのお楽しみですわ。――アヤさん、お願いします」

「はい」

狂三が言うと、アヤが何やら端末のようなものを取り出し、操作を始めた。

「あれは？」

「川辺さんにご用意いただいた、仕掛け時計の操作端末ですわ。見ていてくださいまし」

するとその言葉と同時、広場に鎮座していた大時計の針がくるくると進んでいき、短針が三を、長針が一二を指し示す。

次の瞬間、時計から鐘の音が響き渡り、仕掛けが動き出す。幾つもの人形が時計から現れ、軽快なダンスを踊っていった。

同時、噴水の仕掛けも連動して動き始める。女神像が手にした水瓶《みずがめ》から、水面《みなも》目がけて水が溢《あふ》れ出した。

瞬間――

「──な……っ!? が……あ……ッ!?」

強烈な脱力感が全身を襲い、玲門は様々な色の光で彩《いろど》られた噴水の水面に膝を突いてしまった。ばしゃんと勢いよく水飛沫《みずしぶき》が上がり、暗色の着物が濡《ぬ》れる。

立ち上がろうとしても、身体に力が入らない。視界が明滅する。

口内の肉を噛《か》んでなんとか意識を保ち、顔を上げる。

「馬鹿……な、この感覚は……！　だが、時崎くんも水に入って──」

だが、玲門はそこで言葉を止めた。

理由は単純。目の前に立っていた少女の姿が霞《かすみ》のように掻き消えたかと思うと──

「き──ッひひひひひひひひひひひひひひひひひひひひひひ──」

前方の物陰から、悪魔の如《ごと》き哄笑《こうしょう》を上げる、探偵・時崎狂三が姿を現したのである。

「な……」

「あら、あら……いかがいたしまして、玲門さん？　まるで、身体の力を吸い取られてしまったかのようなご様子ですわね。まあ、辛《かろ》うじて意識を保てているあたり、さすがといったところかもしれませんけれど」

狂三が、玲門の顔を覗《のぞ》き込むようにして言ってくる。

その様は、玲門が水の中に伏すこの結果を予見していたとしか思えなかった。

玲門と同様水に触れていたのに、影響を受けなかった狂三。そして掻《か》き消えたその姿。

玲門は全てを理解し、呻《うめ》くように声を絞り出した。

「まさか……『ブロッケンの魔鏡』……!?」

そう。それは、鏡に映した像を虚空《こくう》に投映する魔術工芸品《アーティファクト》。もしも先ほどまで玲門の前にいた狂三が鏡像だとしたならば、全て辻褄《つじつま》が合うのである。

「ご名答。わかってみれば単純なトリックでしたでしょう?」

「馬鹿な……あれが鏡像だっただと……? 会話は成立していたはず……!」

「あら、あら。思い込みは禁物ですわよ。――『ブロッケンの魔鏡』は、鏡に映した像を、任意の時間・場所に投映する魔術工芸品《アーティファクト》。わたくしはそこの建物の陰から、この噴水の前に、一秒後の時間を指定して鏡像を投映していただけですわ」

「な――」

玲門が驚愕《きょうがく》に目を見開くと、狂三はふっと目を細め、時計の仕掛けが終了するのを待ってから、噴水の中へと入った。

そして女神像の側《そば》まで歩みを進めると、懐《ふところ》から取り出した工具で以《もっ》て、そこに設置されていた水瓶を取り外し、中を覗き込む。

「——ビンゴ、ですわ。これが魔術工芸品《アーティファクト》、『エリクシルの釜』に間違いありません」

狂三はそう言うと、噴水の中から広場へと戻り、水瓶を地面に落ち着けた。

駆け寄ったアヤがその中を覗き込み、目を丸くする。

「本当です……廃材でできた外装の中に、魔術紋の描かれた器のようなものが。これがお客さんたちの精気を吸っていたんですか？」

「ええ。毎日一五時に時計の仕掛けと連動して、この水瓶から水が放出されます。その瞬間のみ、『エリクシルの釜』は水流という疑似霊脈と繋《つな》がっていたのですわ。そしてその日、その瞬間、疑似霊脈に触れた者が、精気を奪われ気を失ってしまっていた——」

狂三が言うと、アヤが難しげに眉根を寄せた。

「でも、一体犯人はどうやって、この噴水の女神像に魔術工芸品《アーティファクト》を仕掛けたんでしょう。とても精巧に組み込まれています。まるで、最初から作品の一部だったみたいに……」

「なかなかいい目をしていますわね、アヤさん」

「え……？」

狂三の言葉に、アヤが目を丸くする。狂三は微笑を浮かべながら言葉を続けた。

「今回の事件の犯人……という表現が正しいかどうかはわかりませんけれど、それを『エリクシルの釜』を発動状態にして設置した者、と定義するならば、恐らくそれは──」

狂三はゆらり、と頭を振るようにしながら振り向いた。

そして、視線を玲門《れもん》に向けながら、続ける。

「──永劫寺玲門さんその人です」

「れ、玲門さんが……？」

その言葉に、アヤが表情を困惑の色に染め、玲門を見つめてきた。

「何、を……言っているんだ」

玲門は水の中で苦しげな表情を浮かべながら、呻くように返した。

「僕が……魔術工芸品《アーティファクト》を仕掛けた犯人……？　一体なんの証拠があってそんなことを……もし僕が犯人だとしたら、こんな見え透いた罠《わな》に引っかかるわけが……」

しかし狂三は、不敵な笑みを崩すことなく、続けてきた。

「あら、あら……あなたこそ何を仰《おっしゃ》っておられますの？　わたくし、あなたが犯人だなんて一言も申しておりませんわよ」

「……なん……だって？」

玲門は怪訝《けげん》そうに眉根を寄せた。アヤもまた、狂三が何を言っているのかわからないというような顔を作る。

だが、数秒ののち、アヤは何かに思い至ったようにハッと息を詰まらせた。

「犯人は玲門さんで……でも、あなたが犯人だなんて言っていない……、まさか——」

狂三は優秀な助手を褒めるように、目を細めながらちらとアヤを一瞥《いちべつ》したのち、玲門に指を突きつけた。

「そう。——あなたは、わたくしたちの知る永劫寺《えいごうじ》玲門さんではありません。姿形がそっくりなだけの偽者《にせもの》ですわ」


「————」

狂三が高らかに宣言するように言うと、玲門は黒眼鏡の奥で目を見開いた。

しかしすぐに、馬鹿馬鹿しい、というように頭を振ってみせる。

「……、発想が飛躍しすぎているな……何を根拠にそんなことを」

想定通りの反応だ。狂三は腕組みすると、この場で本物の玲門を知るもう一人の人物——アヤに言葉を投げた。

「——アヤさん。おわかりになりまして？　今までわたくしたちの前に現れていた玲門さんと、今目の前にいるこの方の、決定的な二つの違いが」

「二つの違い……ですか」

アヤが、玲門を見つめながら険しい表情を作る。

さすがのアヤも、そう簡単には気づくまい。狂三は付け加えるように言った。

「──ヒントは、『校舎裏の幽霊』ですわ」

「校舎裏の……、あ……！」

アヤは、何かに気づいたように目を見開いた。

「着物の合わせが右前です……！」

そして、玲門の胸元を指さすようにして言う。指摘された玲門は、一拍おいてそれを理解したかのように小さく肩を震わせた。

「そう。よく観察していましたわね、アヤさん。──今までわたくしたちの前に現れていた玲門さんは、着物を左前にして着ておられたのです。しかし、あなたは右前にして着られている。不思議ですわね」

「…………」

言われて、玲門は着物の襟を握るようにしながら苦笑してきた。

「何を……言うかと思えば。そんなことで僕を偽者だと……？　それくらいの間違いは……誰にだってあるだろう」

「間違い？　左前の合わせは、死者に着物を着せる際のもの。極めて縁起の悪い着方ですわ。一般的に言うのなら今のあなたの方が正しいのです。わたくしはてっきり、演出のためにあえてやっているものかと思っていましたけれど」

「…………」

玲門が再度無言になる。狂三《くるみ》は畳みかけるように続けた。

「付け加えるならもう一つ。──あなたはわたくしたちの事務所を訪れた際、扉を開けて入ってきました。それに、蹌踉《よろ》めいた幸栄《ゆきえ》さんを支えたりもしましたわね。そして今、水流を通して魔術工芸品《アーティファクト》に精気を吸われて立ち上がることもままならない」

「……それが、何だと言うんだ」

玲門が汗を滲《にじ》ませながら言う。狂三は、その目を覗き込むようにしながら言った。

「それは、あり得ないことなのですわ。わたくしたちの知る玲門さんならば、決してしなかった。──いえ、できなかったのです。何しろあの方は、マイクや鍵のような軽いものを持つことや、握手さえ拒んでいたくらいなのですから」

狂三の言葉に、アヤが戦慄した調子で息を詰まらせた。

「左前の着物……決してものに触れようとしない……『校舎裏の幽霊』……」

そして、震える声で以て、その名を口にする。

「それって、さっきの先生と同じ状態だったたってことですか――?」

狂三は、優秀な助手の言葉に満足げにうなずいた。

「――そう。今までわたくしたちの前に現れていた玲門さんは、先ほどのわたくしのように、『ブロッケンの魔鏡』で投映された鏡像だったのですわ」

狂三の言葉に、アヤは汗を滲ませながら、信じられないといった顔を作った。

「ちょ、ちょっと待ってください、先生。『ブロッケンの魔鏡』はわたしたちの管理下にあります。高校から回収したあと、記録されていた鏡像は全て消去したはずです。一体どうやって鏡像を記録したっていうんですか?」

「単純な話ですわ。――わたくしたちが『ブロッケンの魔鏡』を手に入れる遥《はる》か昔から、彼《か》の鏡には玲門さんの鏡像が記録されていたのです。あまりに昔の記録過ぎたため、見逃してしまっていたのですわ」

「遥か昔……?」

「ええ。昨日の夜、確認させていただきました。鏡像が記録されていた日付は――今からおよそ一三〇年前のものでした」

「…………!?」

アヤが驚愕に目を見開く。

反して玲門は険しい表情を作りながら、頬に汗を垂らしていた。

「そ、それこそあり得ません。一三〇年前といったら、『ブロッケンの魔鏡』は私の家の蔵に収蔵されていたはずです。そんなことができるとしたら――」

アヤがそこで言葉を止める。

恐らく気づいたのだろう。『永劫寺玲門』を名乗る人物の正体に。

狂三は、大仰にうなずきながら、懐から一枚の古びたモノクロ写真を取り出した。

「そう。今から一三〇年前に『ブロッケンの魔鏡』を使用することができた人物。それは――魔術工芸品を蒐集していた、アヤさんのご先祖様に他なりませんわ」

言いながら、写真を皆に掲げてみせる。

そこには、丸い黒眼鏡をかけた、妙に胡散臭《うさんくさ》い着物姿の女性が写されていた。

◇

ルミナス南天宮《みなみてんぐう》を訪れる前日。

狂三は、天宮市内にある、とある建物を訪れていた。

外から見れば何の変哲もない雑居ビルである。大通りから外れた小道に位置し、何をやっているのかもよくわからないテナントが疎《まば》らに入った、誰の注目も集めないような都会

広がっていた。

けれどその地下には、表からは想像も付かないような、最新設備を整えた広大な施設が

の背景の一部だ。

「お待ちしていました、時崎《ときさき》さん」

狂三がエレベーターを降りると、そこに控えていた女性職員が恭《うやうや》しく礼をしてくる。

狂三は会釈《えしゃく》を以《もっ》てそれに応じた。

「突然申し訳ありませんわね」

「とんでもありません。どうぞ、こちらへ」

狂三は職員に案内され、何重ものセキュリティが施された区画へと足を踏み入れた。そのまま、鉄格子《てつごうし》や強化アクリル板で隔てられた小部屋が並ぶ道を歩いていく。

ここは、『表』には明かされていない技術によって犯罪を行った危険人物が収容される、いわば監獄であった。まあ、特段の理由がない限りは当該記憶を削除したのち元の生活に戻されるため、そのほとんどは空室だったのだけれど。

とはいえ、無論狂三は空の監獄を見学しに来たわけではない。狂三の目的は、その最奥《さいおう》の部屋にあった。

「——お久しぶりですわね。そろそろ来る頃かと思っていましたわ、狂三さん」

狂三がその部屋の前を訪れると、そこに収容されていた人物が、不敵な笑みを浮かべながらそう言ってきた。

殺風景な部屋の中央に置かれた椅子に、物々しい拘束具を着けられた少女が座っている。目鼻立ちのくっきりした面に、自信に溢《あふ》れた表情。監獄に収容されているというのに、その長い髪は、綺麗《きれい》な縦ロールに巻かれていた。

そう。彼女こそは、魔術工芸品《アーティファクト》散逸の原因にして、アヤに成り代わって魔術工芸品《アーティファクト》をその手中に収めようとしていた狂三の元相棒——栖空辺茉莉花《すからべまつりか》その人であった。

「ええ、お久しぶりですわね、茉莉花さん。お元気そうで何よりですわ」

「おかげさまで。存外快適に過ごさせていただいておりますわ」

「そうですの。——にしても、随分と持って回った言い方をされますわね。まるでわたくしの来訪を予見していたかのように」

「ふ——狂三さんが魔術工芸品蒐集《アーティファクトしゅうしゅう》を続けるのであれば、いずれあたくしの頭脳に頼らざるを得ないときが来るだろうと思っていただけでしてよ」

茉莉花が言うと、狂三の後ろに控えていた職員が苦笑した。

「まあ、時崎さんの訪問はあらかじめ伝えてましたからね……」

「ちょっと！　バラさないでくださいまし！」

慌てた様子で茉莉花が叫びを上げる。

しかし職員は特に気にする風もなく続けた。

「普段はこんな感じじゃなくて、もっとだらっとしてますよ。時崎さんが来るって伝えたら、身だしなみを整えてからじゃないと会わないって言って聞かなかったので大変でした。武器になるものを与えるわけにもいかなかったので私がコテで髪を巻いたんですが、もう注文が細かくて細かくて……。あ、ちなみに拘束具はさっき本人の要望で着けました。なんか危険人物感が出したかったみたいです」

「余計なことは仰《おっしゃ》らなくていいですわーっ!?」

茉莉花が悲鳴じみた声を上げながら、椅子から立ち上がろうとする。

しかし全身を拘束されていたものだから、そのまま床にデーン！　と顔から倒れ込んでしまった。

「はぶっ!?」

「……大丈夫でして？」

「…………お気遣いは不要ですわ。それで、一体今日はなんのご用ですの─

精一杯の強がりか、茉莉花は目尻に涙を滲ませながらも、呻《うめ》くように言ってきた。

鼻が真っ赤になっているのが気にかかりはしたが、本人がいいと言っている以上、過剰な心配は不要だろう。狂三は簡潔に用件を伝えた。

「あなたが成り代わっていた方の家の家系図やアルバムが、見つからなくなっているそうですわ。どこに隠したのか教えてくださいまし」

狂三が言うと、茉莉花はピクリと眉を揺らした。

「……なぜあたくしがそんなことを知っていると思いますの？」

「至極単純な話でしょう。あなたは魔術工芸品《アーティファクト》によって自分をアヤさんと誤認させ、あの家の令嬢に成り代わっていた。あなたは……まあ、普段はこんな感じですが、意外と周到なところがありますわ。自分の正体が露見する切っ掛けになり得るものは事前に排除していると考えるのが妥当でしょう」

「こんな感じ、は余計ですわ」

茉莉花は不満そうに呟《つぶや》くと、言葉を続けた。

「……仮にあたくしが犯人だったとして、家系図とアルバムを隠していると判断した理由は？　そんなもの、燃やしてしまった方が確実ではありませんの」

「力はほとんど失われているとはいえ、魔術師の家の家系図とアルバムを？　何か重要な情報が隠されているかもしれないものを、あれだけ魔術工芸品《アーティファクト》を欲《ほっ》したあなたが？」

「…………」

狂三の言葉に、茉莉花はしばし沈黙したのち、やがてふっと唇の端を上げた。

「そんなもの知りませんわ……と言ったらどうされまして？」

「なら交渉の余地はありませんわ。――至急記憶処理の用意を」

「はい」

「ちょ、ちょ、ちょ」

狂三が言うと、職員が淡々と答えてきた。茉莉花が焦《あせ》ったように身体《からだ》を蠢《うごめ》かせる。

茉莉花が今もこんな場所に閉じ込められている理由は、ひとえに彼女が記憶処理を頑《かたく》なに拒んでいるからに他ならない。魔術工芸品《アーティファクト》と狂三の記憶を失うくらいならば、その場で舌を噛《か》むと言って聞かなかったため、仕方なくこうして拘束を続けていたのである。

「判断が早すぎますわ！　もう少し粘ってくださいまし！」

「なんだか一丁前に駆け引きをしようとしてきたのでイラッとしましたわ」

狂三が半眼を作りながら腕組みすると、茉莉花は床の上でしばらく身をくねらせたのち、うんしょ、と上体を起こしてきた。

「……まあ、既に正体がバレてしまっている以上、別に構いませんわ。ただ、それだけでは面白くありませんわね。——一体どのような事件が起こって、なぜ家系図とアルバムが必要なのか。それを教えてくださいまし。それが交換条件ですわ」

「…………、まあ、いいでしょう」

やや面倒ではあったが、このまま黙秘されるよりは幾分マシである。ここに拘束されている以上、その情報が漏れるリスクもまずない。狂三《くるみ》は簡潔に、今起こっている出来事を説明した。

「なるほど……『ブロッケンの魔鏡』を使用したと思《おぼ》しき未来探偵・永劫寺玲門《えいごうじれもん》さんに、その偽者《にせもの》と思われる人物……ですの」

不自然な体勢でその話を聞いていた茉莉花は、しばしの間思案を巡らせると、やがて何かに思い当たったようにニヤリと笑みを作った。

「——狂三さん。もう一つ交換条件ですわ。もしもあたくしがその偽者の正体を言い当てたなら、恩赦をくださいまし」

「……は?」

茉莉花の言葉に、狂三は思わず目を丸くした。

◇

「そ、その写真は……」

狂三が玲門のモノクロ写真を掲げると、アヤが困惑するように目を丸くしてきた。

「ええ。アヤさんのお家《うち》からなくなったアルバムの中に収められていたものですわ」

「えっ、一体どこにあったんですか⁉」

アヤが驚愕《きょうがく》を露《あら》わにする。狂三は「企業秘密ですわ」とウインクをした。

「で、でも先生。おかしいです。『ブロッケンの魔鏡』は、あくまで鏡像と音声を好きな時間・場所に投映するだけの魔術工芸品《アーティファクト》のはずです。わたしたちは今まで、玲門さんと間違いなく会話をしていました。あれは一体どうなっていたんですか？」

アヤが問うてくる。もっともな疑問だ。狂三は大仰にうなずきながら答えた。

「ご本人が仰っていたではありませんの。――未来視の目を持っている、と」

「……！　まさか――」

「ええ。にわかには信じがたいことですが、玲門さんは、一三〇年前に未来を予見し、そのビジョンに合わせて会話をするように鏡像を記録していたのですわ」

そう。狂三とて、実際に『ブロッケンの魔鏡』に記録された膨大な鏡像を見なければ信じられなかっただろう。

容貌も、言動も、全てが胡乱《うろん》な玲門であったけれど、その一点においては、嘘《うそ》をついていなかったのである。

「じ、じゃあ、たびたびわたしたちの前に現れて助言をしてくれていたのは——」

「きっと、散逸してしまった魔術工芸品《アーティファクト》を再蒐集する使命を帯びた我々に、手を差し伸べてくださっていたのでしょう」

狂三はそう言いながら、偽《にせ》の玲門に向き直った。

「あなたはなんらかの方法でそれを知り、本物の玲門さんが現れるより早くわたくしたちに接触することで、玲門さんの依頼を上書きしようと試みたのですわ」

「…………っ」

偽の玲門が小さく息を詰まらせる。狂三は構うことなく続けた。

「ですが、誤算が生じました。わたくしたちが事務所に戻るタイミングが思いの外早かったせいで、玲門さんの鏡像が消える前に遭遇を許してしまったのですわ」

「…………」

偽の玲門の眉がぴくりと動く。さすがにそこまでは気づいていなかったようだ。

「あの数秒の違和感が、噛み合わない会話をする玲門さんの姿が、わたくしに疑念を抱かせる切っ掛けとなってしまった」

狂三の言葉に、偽の玲門はしばしの間沈黙を保っていたが、

「……ふ、ふふ……はははははは――」

やがて、額に手を当てながら笑みを漏らし始めた。

僅かながら体力が回復してきたのか、ゆっくりと身体を起こし、風呂《ふろ》にでも浸《つ》かるかのような格好で噴水の縁に背を預ける。

「参ったな……そんなことでバレてしまうとは。少し君を侮《あなど》っていたようだ……」

「あら、あら。その勿体《もったい》ぶった喋《しゃべ》り方はもとものものですの？　偽の玲門さん――いえ、弥寛《みかん》さんとお呼びした方がよろしいでしょうか？」

狂三が言うと、偽の玲門は小さく眉を揺らした。

「……驚いた。まさかこんな短期間でそこまで調べていたとは……」

「知人に勘のいい方がいまして。家系図とアルバムを全て記憶していたそうで、事件のあらましを聞いただけで当たりが付いたそうですわ。――求める者の気持ちはよくわかる、と言っていました」

「…………」

偽の玲門――弥寛が、眉根を寄せる。

アヤが、困惑したように狂三の顔を見上げてきた。

「先生。一体何者なんですか、この人は……」

「アヤさんのお家の分家筋に当たるお方ですわ。つまり彼女もまた玲門さんの血を継いだ子孫にして、アヤさんの親戚ということになりますわね」

「え――」

アヤが驚愕の表情を作り、弥寛を見る。

「じ、じゃあ、どうしてこんなことを……」

「――それだよ」

「え……？」

弥寛が、『エリクシルの釜』を指さして言う。アヤが怪訝《けげん》そうに首を傾《かし》げた。

「本来、一族の遺産たる魔術工芸品《アーティファクト》は、僕に継承されるべきだったものだ。――偉大なる宗主と同じく、魔眼を生まれ持ったこの僕に」

弥寛の言葉に、狂三はすっと目を細めた。

「まさか弥寛さん。あなたも玲門さんと同じ、未来視の目を？」

「いいや。僕のは『逆』さ」

「『逆』――」

その言葉を復唱するように口の中で転がし、狂三は得心がいったようにうなずいた。

「……なるほど、そういうことでしたの」

「どういうことですか、先生」

「――過去視の目。恐らく、未来に起こるであろう出来事を見ることができた玲門さんとは逆に、過去に起こったことを見ることができる目をお持ちなのでしょう。一体どうやって玲門さんが『ブロッケンの魔鏡』を使用していることを知ったのか疑問でしたが、そんなものをお持ちだとしたら話は単純ですわね」

とはいえ、と狂三は続けた。

「わたくしたちに調査協力を持ちかけているあたり、望むビジョンを見ることができるというわけではなさそうですけれど」

「……理解が早いね。僕の目はあくまで、過去に起こったことが自分の意思とは関係なくランダムに映し出されるといったものだ。それゆえ『エリクシルの釜』の在処《ありか》まではわからなかった。僕の代わりにその所在を突き止める人間が必要だったのさ……」

「なるほど。――そのお顔も、魔術工芸品《アーティファクト》の力で？」

「ふ……これは自前さ。化粧で玲門刀自《とじ》に似せてはいるけれどね」

弥寛はそう言うと、大仰に両手を広げてみせた。

「……一目瞭然だろう？　偉大なる宗主の目を、容貌を、もっとも色濃く受け継いだのが誰であるのか。それが、分家に生まれたという、ただそれだけの理由で蔑まれ、虐《しいた》げられてきたんだ。──アヤくん。君に僕の気持ちがわかるか？」

「…………っ」

弥寛の言葉に、アヤが息を詰まらせる。弥寛は熱っぽい調子で続けた。

「……宗家というだけで一族の遺産たる魔術工芸品《アーティファクト》を独占し、あまつさえそれを散逸させた罪は重い。その『エリクシルの釜』は、そしてそれによって生成される魔力結晶は、真の正統継承者たるこの僕が受け継ぐに相応《ふさわ》しい。それを使い、一族から失われた魔術の力を取り戻す。それこそが僕に課せられた使命だった……」

しかし弥寛は、自嘲気味に「だが」と零《こぼ》した。

「……それも、ここまでだ。宗家の末裔《まつえい》どころか、どこの誰とも知れない探偵に、魔術工芸品《アーティファクト》の扱いで一杯食わされるとはね……」

そして、どこか諦めたような調子で息をつく。白い呼気が、空気に溶けるように消えた。魔術工芸品《アーティファクト》に精気を吸われたからのみではあるまい。どちらかというと、彼女の言うとおり、己が受け継ぐべきと考えていた魔術工芸品《アーティファクト》の応用において、狂三に一本取られてしまったという事実が大きいように思われた。

「……先生、その方──弥寛さんは、これからどうなるのでしょうか」

アヤが、難しげな顔をしながら問うてくる。

人のいい彼女のことだ。弥寛の置かれた境遇とその動機に、複雑な思いを抱いてしまったのだろう。狂三は、やれやれと肩をすくめながら言った。

「わたくしの関知するところではない……と言いたいところですけれど、今回のケースはかなり特殊ですわ。――諸悪の根源さんにも意見を聞いてみることにいたしましょう」

「諸悪の根源さん……？」

アヤが不思議そうに首を傾げてくる。狂三は大仰にうなずいた。

「もちろん、魔術工芸品《アーティファクト》を蒐集《しゅうしゅう》していたアヤさんたちのご先祖様ですわ」

狂三が言うと、噴水の方から、「……はっ」という吐息が聞こえてきた。

「……玲門刀自のことを言っているのなら、無駄なことだ。過去視の目を持つ僕の介入によって、歴史は変わってしまった。彼女の鏡像は今もどこかで、本来なら君たちがいたであろう場所に向かって、一人芝居を続けていることだろう」

吐き捨てるように弥寛が言う。その様はどこか自嘲気味であり、どこか悲しげでもあった。魔術工芸品《アーティファクト》を手にするためとはいえ、先祖の残した最後のメッセージを無駄にしてしまったことに対する自責の念が、少なからずあったのかもしれなかった。

「さて、それはどうでしょう。あなたは少し、ご先祖様を甘く見ておられるのでは？」

「……は――？」

弥寛が訝《いぶか》しげに眉を歪《ゆが》めた、次の瞬間であった。

「――やあ、うちの子孫が世話をかけたね、時崎《ときさき》くん」

狂三《くるみ》たちの目の前に、和服を纏《まと》い、丸い黒眼鏡をかけた女性が、虚空《こくう》から姿を現した。

「な……」

「玲門《れもん》さん――」

弥寛が目を見開き、アヤが口元を手で押さえる。狂三は半眼を作りながら吐息した。

「まったくですわよ玲門さん。あまり面倒事を押しつけないでくださいまし」

「あっはっは、すまないね。まあ、今までの助言が迷惑料の前払いだと思ってくれ」

狂三の言葉に、玲門が軽い調子でそう言ってみせる。

明らかに、会話が成立している。弥寛が信じられないというように声を震わせた。

「馬鹿な……僕の介入によって、歴史は変わったはず……」

すると玲門は、ふ、と頰を緩ませながら言った。

「君も僕と同じく、望むビジョンが全て見えるわけではないだろう？　僕に見えないものがあるように、君も僕の行動を全て把握できていたわけではない。それだけのことさ」

「――――」

弥寛が、唖然《あぜん》とした様子で言葉を失う。

狂三は細く吐息を零してから玲門に視線をやった。

「……それで、玲門さん。『エリクシルの釜』は、茉莉花《まつりか》さんの件で散逸したわけではなく、昔から設置されていたものですわよね？　なぜこんな物騒なものを仕掛けましたの？」

「いや、僕が仕掛けたのはあくまで地中の霊脈にさ。膨大な時間こそかかるものの、運用方法さえ間違えなければ、『釜』は霊脈から得た力を結晶化してくれるはずだった。ただ――予想外のことが起こってしまってね」

「予想外のこと？」

「――空間震さ」

「…………」

玲門の言葉に、狂三は小さく息を詰まらせた。

玲門はその反応の意味をどこまで知っているのか、意味深に黒眼鏡の位置を直しながら続けてきた。

「君たちが南関東大空災と呼ぶ大災害によって、僕が『エリクシルの釜』を仕掛けた場所がまるごと更地と化してしまった。『釜』自体は辛《かろ》うじて破壊を免《まぬが》れたものの、発動状態のまま野に晒《さら》されることとなってしまったのさ。まさか、のちに芸術作品に再利用されるとは思わなかったけれどね」

言って、玲門がからからと笑う。狂三は渋面を作りながら額に手を当てた。

「……というか、あなたは今から一三〇年前にいるのですわよね。空間震のことを知っているではありませんの」

「いや、『エリクシルの釜』を仕掛けたときには、そのビジョンは見えていなかったのさ。のちにパッと未来が見えてしまってね。そりゃあもう焦《あせ》った焦った。一度発動させてしまった『釜』は、結晶を生成するまで止めることができないからね。慌てて『ブロッケンの魔鏡』を使い、未来の子孫とその協力者に向けてメッセージを残したという次第さ」

「……ややこしいことこの上ありませんわね」

狂三がうんざりとした様子で言うと、玲門は手をひらひらと振りながら続けてきた。

「すまないとは思っているよ。散逸した魔術工芸品《アーティファクト》を蒐集してくれているだけでなく、子孫の確執までも押しつけてしまった。——せめてもの気持ちとして、追加の迷惑料を支払おうじゃないか」

「追加、ですの」

「ああ。その『釜』の縁をなぞりながら、こう唱えてみたまえ。――――――」

小さな声で呪文めいた言葉を発し、玲門が『エリクシルの釜』を指さす。

「――――――」

狂三は訝しげに眉をひそめながらも、指示されたとおりに『釜』の縁を撫《な》でながら、その文言を口にした。

すると――

「…………！」

『釜』の内部が眩《まばゆ》く光り輝き、やがて一つの塊となって狂三の手の中に収まった。

血の如《ごと》く赤い色をした、小さな石。

妖しくも幻想的なその佇《たたず》まいに、狂三は思わず息を呑《の》んだ。

「これは……」

「――『賢者の石』。一三〇年……もとい、約一〇〇年分の霊脈の力を凝縮した、超高純度の魔力結晶だ」

玲門は腕組みしながら、すっと目を伏せた。

「それに込められた魔力は膨大。それこそ、使い方によっては君の願いさえ叶《かな》えることができるかもしれない」

「――――」

瞬間、狂三はぴくりと眉を揺らした。

しかしすぐに、玲門が付け加えるように言ってくる。

「ただ――申し訳ないがそれは我が一族が永き時をかけて求めた悲願でもある。そうだな……三人の共同管理ということにしてもらえるとありがたい」

「…………っ」

玲門の言葉に、弥寛《みかん》が息を詰まらせる。

しかしそれも当然だろう。この場で三人というならば、宗家の継承者であるアヤ、その協力者である狂三、そして弥寛しかいないのだから。

「玲門刀自……」

弥寛が身を起こし、畏《かしこ》まるように姿勢を正す。

すると玲門は、その前に膝を折ると、深々と頭を下げた。

「――すまない、弥寛。僕の不徳で君には苦労をかけてしまった」

「な……」

その様に、弥寛が恐れおののくように目を見開く。

「やめてください……！　あなたが僕に頭を下げるなど……！」

しかし玲門は、その姿勢のまま続けた。

「僕の死後、残された者たちによって僕の言葉は都合よく解釈されるだろう。ゆえに、これが僕の正式な遺言だと思って聞いてほしい。

――宗家も分家もない。君も愛《いと》しい、僕の子だ。いずれ、その石が必要とされるときが来るだろう。そのときは、弥寛、君も僕の後継として、力を尽くしてほしい」

「――――、――――」

玲門の言葉に、弥寛が声にならない声を漏らし、身を震わせる。

思えば、宗家に並々ならぬ嫉妬と恨みを抱いていた弥寛であるが、かつての宗主たる玲門には敬意を払っていた。

そんな人物に心からの謝罪と、自らを認める言葉をかけられたなら、そんな反応になってしまうのも無理からぬことだろう。

が、弥寛はそこで、今まで自分が何をしてきたかを思い出したように言葉を詰まらせた。

「で、ですが、僕は……」

弥寛が躊躇《ためら》うように眉根を寄せる。狂三は大仰に肩をすくめてみせた。

「随分と拘《こだわ》りますのね。魔術師の末裔ならば、覚悟を決めてくださいまし。――あなたの目は、アヤさんさえも持っていない自慢の目なのでしょう？　ならばその力、今度は過去に囚《とら》われるのではなく、未来に進むために使ってくださいまし」

「……っ、……」

弥寛が声を詰まらせる。

それに合わせるように、玲門が、改めて問うた。

「お願いできるかな？」

「……はい。この命に代えても」

「はは、君も、アヤも、真面目だな。美徳ではあるが、いつもその調子では息も詰まるだろう。もう少し肩の力を抜きたまえよ」

言って玲門が肩を揺らしながら笑う。狂三はやれやれと半眼を作った。

「あなたは少し抜きすぎですわ」

「おや、これは参ったな」

玲門はもう一度笑うと、ゆっくりと立ち上がり、くるりと身を翻《ひるがえ》した。

「──さて、そろそろ時間のようだ。ここから先、君たちが何を成すかは、僕の目にも見えていない。──少なくとも、今はね。

では然《さ》らばだ、愛しき後継たち。いつか彼岸でまた会おう」

そしてその言葉を最後に、胡乱《うろん》な人影は、虚空に溶け消えていった。

◇

翌日、時崎探偵社。

「……『賢者の石』――ですの」

狂三は執務椅子に腰掛けながら、スマートフォンに表示された赤い石を見つめていた。

昨日『エリクシルの釜』より生成された、魔力結晶体である。実物は今までの魔術《アーティ》工芸品《ファクト》よりもさらに厳重に保管され、狂三、アヤ、弥寛の三人の承認がなければ持ち出せないようになっていた。

写真を見る限りは、何の変哲もない小石である。けれどその小さなシルエットの中には、あまりに膨大な力が込められているという話だった。それこそ、玲門の言葉を信じるのだとすれば、狂三の望みさえ叶えうるかもしれないほどの――

「………………」

と、狂三が無言で考えを巡らせていると、トレイを持ったアヤがやってきた。

「――あ。もう、昨日からずっとじゃないですか。恋する乙女じゃあるまいし」

「……ああ、アヤさん」

狂三はスマートフォンをスリープモードにすると、机の上に伏せた。

「すみませんわね。望外に大きな迷惑料をいただいてしまったもので、柄にもなく浮かれてしまっているようですわ」

狂三《くるみ》が言うと、アヤは意外そうに目を丸くした。

「先生も猫さん以外で浮かれたりするんですね」

「それは──って、わたくしがいつも猫さんに浮かれているかのような言い方をするのはやめてくださいまし」

「浮かれているかのようなというか……」

アヤは苦笑しながら、応接スペースのテーブルの上にお茶の用意をした。

まったく、と息をつきながら、狂三もそちらに移動する。

「──ところで、ルミナス南天宮《みなみてんぐう》の方はどうなりまして?」

「ああ、無事営業できているそうです。壊れた女神像を見た幸栄《ゆきえ》さんは卒倒しそうになったらしいですけど、なんとか内緒で修復できたそうですよ」

「それは、それは……」

誠実か不誠実かは置いておいて、いろいろと丸く収まったようである。狂三は肩をすくめながらソファに腰掛けた。

「それで、弥寛さんの方は」

「はい。理由はどうあれ、先生やわたしを騙《だま》そうとしたのは事実ということで、罪滅ぼしも兼ねて散逸した魔術工芸品《アーティファクト》探しに協力してくれるそうです。一族ゆかりの地や親交のあった方を訪ねて、何か有力な情報があったら報告してくれると言っていました」

「……真面目な方ですわね。もう少し玲門《れもん》さんの遺言を聞いてもいいでしょうに」

「自分なりにけじめを付けたかったんだと思います。——先生の言葉に報いるためにも」

「おや、わたくしはなんと言ったでしょうか」

「今度は過去に囚われるのではなく、未来に進むために——って」

「ああ、あれは話をスムーズに進めるために、適当に言っただけですわ」

狂三が言うと、アヤはショックを受けたように愕然《がくぜん》とした顔を作った。

「そ、そうなんですか……?」

「ええ」

狂三は小さく肩をすくめながらぽつりと呟《つぶや》いた。

「——だって、誰より過去に囚われているのはわたくしですもの」

「え?」

「なんでもありませんわ」

狂三は誤魔化すように言うと、ふうと息をついた。

「それよりも、未《いま》だ多くの魔術工芸品《アーティファクト》が世に散逸したままですわ。――まずはアヤさんの家の家系図から当たってみるとしましょう」

「はい――って、そういえば、うちの家系図、どこにあったんですか？」

「うふふ、さて、それはもう少し考えてみてくださいまし。ヒントは『偽者《にせもの》』ですわ」

アヤが困惑したように頭を抱える。

狂三はふっと頰を緩めながら紅茶のカップを手に取った。

あとがき

お久しぶりです。橘公司《たちばなこうし》です。またお会いできて光栄です。

『魔術探偵《まじゅつたんてい》・時崎狂三《ときさきくるみ》の回顧録《かいころく》』をお送りいたしました。いかがでしたでしょうか。お楽しみいただけたなら幸いです。

ちなみにこの本は、『魔術探偵・時崎狂三の事件簿《じけんぼ》』の二巻目となっております。

前巻のあとがきで、「特殊な出自の本であるため、続刊があるかどうかはわかりません」と書いていたのですが、なんともありがたいことに二巻目を出すことができました。これも一巻目をご購入いただいた皆様のおかげです。この場を借りて平に感謝を。

今巻も前巻と同じく、ドラゴンマガジンに連載された四話+書き下ろし一話という構成なのですが、今回は連載短編に『デート・ア・ライブ』のキャラクターが登場するようになっています。本編ストーリー終了後の時間軸となっておりますので、そういった面もお楽しみいただければと思います。

にしても、進路の分類上仕方ないところはあるのですが、二亜《にあ》、美九《みく》、高校組、大学組って、最初の二話がだいぶ贅沢《ぜいたく》な構成してますね。くっ、これが就職組の強さか。伊達《だて》に納税はしてねぇぜ。機会があったら、まだ出ていない『デート』キャラも登場させてみたいところです。

さて今回も、たくさんの方の尽力のお陰で本を出すことができました。

イラストレーターのつなこさん、いつもながら素晴らしいイラストをありがとうございます。今回は特に細かい指定が多かったため、お世話をおかけしました。お陰さまでよいものに仕上がってくれたかと思います。ビジュアル初登場のアヤや、新キャラの玲門《れもん》も非常によいデザインでした！

デザイナーの草野《くさの》さん、担当氏も、毎度お世話になっております。今回の表紙デザインも素晴らしかったです。

編集、出版、流通、販売など、この本に関わってくださった全ての方々、そして今この本を手に取ってくださっているあなたへ、最大の感謝を。

では次の巻でお会いしましょう――と結びたいところですが、三巻に関しては、現時点では本当に出るかどうかわかっておりません。

ご存じの方もいらっしゃるかと思いますが、本シリーズが連載されていた雑誌、ドラゴンマガジンが、二〇二五年五月号をもって休刊してしまうためです。

ただ、本シリーズの人気によっては、なんらかの形で続けられる可能性もゼロではありませんので、応援いただけると嬉《うれ》しいです。

著者は『王様のプロポーズ』というシリーズも刊行中ですので、そちらでもお会いできることを願っております。

二〇二五年一月　橘　公司

The artifact crime files
kurumi tokisaki

初出

Case File I
狂三ボイス
ドラゴンマガジン2024年7月号

Case File II
狂三コミック
ドラゴンマガジン2024年9月号

Case File III
狂三ゴースト
ドラゴンマガジン2024年11月号

Case File IV
狂三ビレッジ
ドラゴンマガジン2025年1月号

Case File V
狂三メモリアル
書き下ろし

富士見ファンタジア文庫

魔術《まじゅつ》探偵《たんてい》・時崎《ときさき》狂三《くるみ》の回顧録《かいころく》

令和7年2月20日　初版発行

著者――橘《たちばな》　公司《こうし》

発行者――山下直久

発　行――株式会社KADOKAWA
〒102-8177
東京都千代田区富士見2-13-3
0570-002-301（ナビダイヤル）

印刷所――株式会社暁印刷

製本所――本間製本株式会社

ISBN978-4-04-075778-0 C0193　◇◇◇

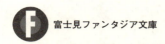

切り拓け！キミだけの王道
ファンタジア大賞
原稿募集中！
賞金
《大賞》300万円
《金賞》50万円
《銀賞》30万円
選考委員
細音啓「キミと僕の最後の戦場、あるいは世界が始まる聖戦」
橘公司「デート・ア・ライブ」
羊太郎「ロクでなし魔術講師と禁忌教典《アカシックレコード》」
ファンタジア文庫編集長
前期締切 8月末日
後期締切 2月末日
公式サイトはこちら！ https://www.fantasiataisho.com/
イラスト／つなこ、猫鍋蒼、三嶋くろね